廢墟與花火

淡江五虎崗文學獎

得獎作品集

林偉淑——主編

目次

散文組

小說組

序

淡江大學中文系　副教授　林偉淑

煙火落下前，我們還看不見闃黑無垠的天際

花火的燦爛，與黑夜的幽暗，距離往往只是一瞬。文學作品叩問著生命，記錄了每一位作者對於世界的想像、記憶與關懷。第 37 屆五虎崗文學獎的舉辦，在疫情升溫的同時，因此，文學獎進行的過程中，也已記錄了歷史現場。

記得 2021 年 5 月初，萬華群聚事件爆發，疫情升溫。媒體下著聳動的標題，標示了地點、時間、人數。人心躁動，惶惶不安，2021 年 5 月 14 日是五虎崗文學獎的決審日。時間回到決審前二天，5 月 12 日星期三，這個城市已有許多耳語流傳，防疫層級隨時會提高，五虎崗團隊有極高的敏感度，總召黃于真同學和副總召黃博英同學，思索應變方式，以因應決審日的各種可能狀況，並迅速決定線上與現場評審同步進行；立即通知所有入圍的同學們，當天進入線上會議室，聆聽作家們的評審。實體現場只開放讓評審作家、工作團隊的同學和我進入。

五虎崗團隊兢兢業業地完成所有前置作業—線上及現場評審方式的設定、聯絡及設備需求，仔細檢查所有項目，且都在兩天內完成。然而，決審當日仍發生許多不可抗拒的狀況：例如遠端作家的麥克風收音太小，或者現場與遠端的交談連線上偶有時間差，又或者作家們彼此的交流在螢幕上呈現斷裂現象。同時，因現場有多位作家無法親臨，每一場都是一個全新的狀態。最終，在團隊同學們共同努力下，仍能圓滿落幕。

過程中，發生的所有的困難與失誤，都應由指導老師我個人來承擔，我爲一切的缺失與遺憾感到抱歉。並且感謝入圍同學的體諒、謝謝作家們在困難的現場或遠端，仍努力爲同學們築一個美好的文學園地。最感謝的是于眞總召及五虎崗文學獎工作團隊的同學們，你們非常辛苦，謝謝你們完成了艱辛但美好的任務。

阻隔人們的未必是現實，常常是未知與恐懼

文學獎評審結束後，校園沐著夕陽餘暉，是那麼溫柔，而我手機裡已有數百封未讀訊息，大小群組裡傳送隨著疫情變化不斷更新的訊息，我彷彿穿越魔幻時空，倏忽落回現實。

第二天 2021 年 5 月 15 日，衛福部的新聞稿是這樣寫的：「因應國內 COVID-19 疫情持續嚴峻，雙北地區（臺北市、新北市）陸續發生感染來源不明的病例及群聚事件，研判社區傳播已有擴大趨勢，指揮中心自 110 年 5 月 15 日起至 5 月 28 日提升雙北地區疫情警戒至第三級，加嚴、加大全國相關限制措施，以防範發生大規模社區傳播。」煙花落下，只剩幽闃夜空。雙北進入第三級防疫管制，台灣進入類封城的狀態。

2022 年此刻，世界的眞實與虛幻更加模糊，因爲遠方有戰爭，病毒與疫情仍未消失，這世界仍在變化中。

感謝所有美好的相遇，感謝一切的成全

最後，第 37 屆五虎崗文學獎作品集《廢墟與花火》能夠出版，要深深地感謝出版中心雯瑤主任及佩如小姐全力協助，謝謝您們。還要感謝中文系周德良主任極力支持，第 37 屆五虎崗文學獎作品集《廢墟與花火》終能付梓。

恭喜得獎同學，也祝福仍在寫作路上持續前進的同學，文學盛事因你們而璀燦。

林偉淑　2022.3.21

PART 01

新詩

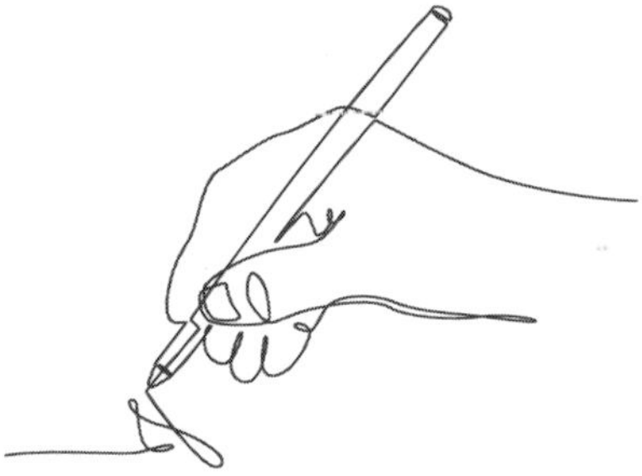

水下

陳　子崴

山上正在下雨
你在山的另一頭
還是河的另一邊
不記得了
也無暇顧及
山上正在下雨

起大霧的那天
特別的想你
想你
可是想不起來你在哪裡
路燈在霧中變得模糊
我應該是又迷了路

頭髮梳不開
濕氣好重但手指好乾

房間裡都是水
記得你說過喜歡
蓬鬆柔順的頭髮
努力的梳開但還是太濕了

後來才知道
你不在山的那一頭
也不在河的另一邊
你很早很早就 順著彎彎的河 到很遠很遠的海上
不會
不會過來了

霧氣遮住眼睛
往下變成彎彎的河流
紅色的車燈在河裡高高低低

越來越低

我就在那裡

我沉在水底

沿著溪水

鍾　宇婕

午後，我沿溪流的方向前行
讓大風鼓脹胸口
岸邊白楊樹的枝葉上
有綠毛蟲咬著絲線倒掛

又是多夢的季節
時常遇見年輕的你，身戴
我親手織的紅圍巾
使一切陷入時間的迴圈

也有過相守的日子
總在天冷為你加衣、煮熱食
飯後並肩坐於堤岸上
看水鳥飛進下游
藻類在石縫中生長
一如我們的憂愁

當生活開始變得細碎且躁動
是林中的蟲鳴，提醒我
日常的種種並不足以阻擋命運
當你決定要走
灰蝶就從樹梢掉落
自此成爲身上一塊暗色的印花

而我寡言的深情
只能在記憶中重現
順著沒有盡頭的溪水
騎變老的車，我想起
舊時同住的破瓦房
簷下有燕子窩

每年，你等候它們歸巢
現在換我接替——

這樣的宿命，不過是天意
不過是我一直愛你

後座

許　聖傑

斜陽已經把我們越拉越長了
路燈是無預警的夜的燈星，在沿途
通過所有瞬間，雲在風雨中過境
大氣切開山稜線，更遼闊的公路
許多人以同樣的姿勢，朝向一切
如此安靜所有堅毅的意志在冷風裏
竄出，急急駛過一行行世界

你且離開很久很久了
我猶記得這裏的一部分，風吹過
搖搖晃晃如同我們的遭遇，我們始終
遠遠凝視著時間；然後天空燃燒起來
曾經的晚風再也無法詮釋
落葉的路徑。在那裡我獨坐你的背影
荒野款款一亮
像晚霞依序推動著大地

廢墟與花火

你早已學會如何平衡，清晨就像
火燄不再依恃著枯枝；全新的光束
隨即熄滅，彷彿虛無的昨日轉眼就躍走
——聽覺放逐聲音，不同的人
在溫暖的深處終相聚在一起
辨別出兩種心神

而你還在那裡面嗎？
等候無非是徒然的怯意當我
卑微如在胸膛上掙扎，令人放心的
倒影，神色暗鬱底姿態漸漸脫離身體
生之警覺，當目光陷落旋即隱去

黃昏的神靈隱伏在溫馴的風中
在後座我彷彿懷抱整個世界。這是傍晚
穿梭在街市之間，是最後的——此刻
無所遁形的方向一切如此安靜

來世相見

陳　姝彤

不具名的黑夜吞沒了街燈
當明月裹起砂糖
繁星繾綣水氣或棉花糖
妳找不著回家的路

末班的單程夜車漫長
細數街坊的香氣
胭脂、炊煙、檀香、消毒水
灰色帽簷下消瘦的臉龐
滑落了倔強與委屈
模糊影子的輪廓
呼吸都是蹉跎

尋著鹹鹹的海風一解俗世的甜膩
妳已許久不曾選擇喜好
大海梳理著白髮、妊娠紋、病根
惋惜妳短淺的掌紋

廢墟與花火

七孔放逐混濁的靈魂
漆黑的漩渦接納任何紅與黑的遺憾
細碎的泡沫沉澱在潮間帶

兩枚銀幣灑落於沿岸
一正一反落在雙膝前
我們一起回家

葉隙間的陽光斑爛
像妳不及生成的老人斑
樹梢搖曳遺落平靜
底下的妳睡得好嗎？
清明春雨將至
記得吃飽、穿暖、蓋被
來世我們要健康的相遇
換我爲妳搖籃、洗衣、燒飯

翻譯家

賀 欣儀

被凝視的夜晚
使人跌入永恆
橫在星空與眼淚之間是
秋千似的溫柔
托住詛咒的重量和
漫無邊際的那些童年
所以是誰飛向誰
已不是命題
因我們都過於幸福——
質能方程的被譯：
m 是物種 c 是凝視
E 是選擇救贖

被修復的宇宙
又如何看透
另一朵曇花的生命
如何學會 放下顯微鏡

再放下永恆
專心轉譯一段釋放香氣的基因序列
去知曉 花兒為何芬芳
就是忠於一個翻譯家的使命

當它凋落 一如我們的星球
翻譯與被譯 非偶然性交集
使我們都服從結果
歷史 多荒謬的譯詩
對每片曠野的凝視
都是最醒目的書籤
而自我隱匿的大翻譯家
無人翻開他的注釋——
「我則使我
成為我的譯本。」

PART 02
散文

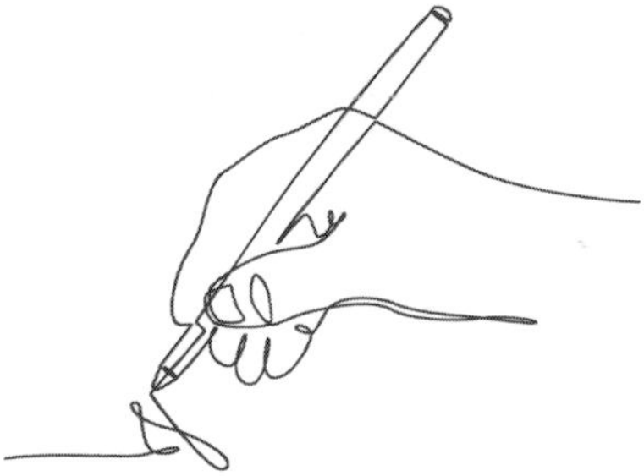

下坡

高　衍渤

接到父親的死訊以來，我感覺自己活在了魚缸裡，身邊的一切仿佛都蒙上一層失真的濾鏡，把我隔離在渾濁的水中，只能渾渾噩噩地瞪著眼。

在一個廣告牌上，我發現少年時代最喜歡的網路遊戲推出了懷舊模式，我以此為出口，徹底放下了手邊的學業，不顧一切地投入重返過去的冒險。

可回到過去談何容易，手和心都是肉長的，有肉的地方就會腐敗，在遊戲世界裡我成了個蹩腳的騎士，被眼不能見的東西束縛住行動的手腳，一次又一次陣亡在山洞裡。

我盯著漆黑的山洞，先祖最後一次狩獵的洞穴大概也是這副模樣，無窮時間累積的經驗把獵人的後代全堵在了裡面，洞穴的牆壁上遍佈著煞有介事的壁畫，今日仍吸引無數遊客排隊浪費著有限的精力，我放棄了繼續向記憶尋找攻略的打算，就像丟棄父親交到我手上的人生攻略那般果斷。

一年前，我花光買彩票中來的獎金在家鄉的運動館裡開了家保齡球館，這幾年實體生意大多都在電子浪潮裡翻滾下沉，我在破落城鎮、邊緣行業裡的生意自然是門可羅雀，有段時間父親每天都會以各種形式強迫我把館子關掉，給以前的領導購置重禮，好能重新回去上班，我因此陷入漫長的痛苦糾葛裡。

打保齡球是我所剩不多的健康愛好，我喜歡在空蕩蕩的球館裏把掉漆的保齡球往軌道裏扔上幾十個來回。撞倒瓶子的聲音總可以讓我想起生活中具體問題的解決，大家總說的解壓往往就是把球丟出去的這類動作，簡單又瀟灑。每當我想到我的球館在未來的某天將會被一堆在夕陽紅音樂裡做伸展運動的中老年婦女佔領，我感覺整個世界都要完蛋了。

「你跟我以前的同事一模一樣。」我在屏幕裡的農夫傻乎乎地唸著唯一的台詞時自言自語。

我辭職的理由很簡單，學不會和無趣的人一同共事，也無法承認世界的混沌本質與重複的日出日落。而與此同時，大多數從青少年時代一起成長的夥伴早已過起了朝九晚五的生活。在這些朋友的認知中，我早就被他們遠遠甩到了後面，他們需要一起暢談工作與生活的好朋友，他們不需要自命淸高的兔崽子。

「我最近一周每天都在加班，太累了，下次吧。」

這是兩年前最後一次邀請朋友來球館時我收到的回復，那之後我就只樂意和自己打保齡球了。就這樣，我成了個大家口中獨守破球館的卡西莫多，久而久之，朋友圈徹底遺忘了我，原先就只有零星心跳的球館徹底安靜了下來。

由此事開始，我確證了人是一種悲歡並不相通的生物，每個人都在自己的生活中自說自話，於是我自顧自跳過了朋友們拼命攀爬的階梯，高高地站上了自我理解的雲端。

我在某所大學報了個研究所，拿到錄取通知書的那一刻我感到自己穿好了登山的釘靴，一種龐然的向上感籠罩著一切我能看到的事物。

我找父親要了筆錢升級了電腦，購置了專業的麥克風和昂貴的視頻製作軟體，我說我要做視頻，人應該自己去刻壁畫。

父親沉默地聽著我的比喻，失落地點了點頭。我猜他根本沒有嘗試理解，只是懶得教訓我了，他知道那已經沒有一點作用。

月底，父親替我還清了信用卡的逾期款項，我不記得這是第幾次了，我是故意沒讓自己記住這些的，我認爲總有下一次，而下一次肯定會好。

再後來，我每天都上著和計劃無直接關係的課程，不知不覺就擱置了視頻的製作，一堆廢稿躺在垃圾箱，學業也沒有絲毫起色。我開始熬夜去寫一些不知所云的故事，沒指望有誰會去看。

那種向上感離自己又遠了一點，於是我又躲進了想像裡保齡球館，這裡已經多出了好幾個朋友。

「會有出路的吧，總有人比你更糟，他們沒有中彩票的運氣。」他說。

「要不讓自己更努力一些，畢竟努力總會有結果。」她好心建議。

「你在他們想像之外的世界尋覓寶藏，你必將滿載榮譽回歸。」他們異口同聲地安慰著滿頭大汗的我，當我在遊戲的虛幻世界裡走到惡魔的王座下仍能腎上腺素飆升，聽到並不存在的掌聲。

之後，在領取父親骨灰的路上，我看見了一個被同伴推倒的小孩，他胡亂扒著泥土，一直拼命哭。我走上前去，狠狠踹了一腳孩子的屁股。

「你不會想成爲一直給自己找藉口的混蛋吧？快給我爬起來！」我聽見自己咆哮的聲音。

第二天，我發現剛從父親手裡繼承的老奧迪車門被刮出了原始人壁畫般的凌亂圖形，反光鏡的玻璃碎了一地。

在保險理賠流程的漫長等待中，我坐在椅子上無數次回想起小學時第一次被同學欺負的場景，那時的我可從未想過向敵人投去復仇的石子，可誰是我的敵人呢。

想到這裏，我再次合上了手中的書，悻悻然打起了盹。我在夢裡又一次看見網絡遊戲裡那些熟悉的英雄人物，他們手提魔王的頭顱，卻都神色木訥地行走在紅色荒原的下坡。

已逝的巴伐洛夫

李　韋達

親愛的巴伐洛夫：

我曾於深夜攤開信紙，伏在木質長桌上，揣想妳如今的模樣。妳是否仍穩定入睡，未忘吃飯？妳是否仍慣於穿上白色的襯衫，套著褐色的長裙，踏著厚厚的鞋跟？妳是否仍在桌前盯著雜亂的數據、問卷，對著問題苦思冥想，把書亂亂地堆在床前？

一些句子被塗改，如同記憶被時間擾亂，看不清模樣。妳曉得：我是只能寫的人了。除外，我的生活哪有過半點意義。閱讀剝奪了時間感，書寫剝奪了我。我是生活在他方的人，直到妳誤入我的生活，我終於被錨定在現實裡。

我在開展的信紙前如此想著，一切都漫漫無際……

妳拉著我的手穿過人海，妳曉得在人群裡，我會焦慮。妳勾住我的臂膀，我便會靠在妳身上，溫順地跟著妳的步伐，和妳一同呼吸，我便不致在人海裡窒息。

當妳下班打開房門，於我如鈴聲，我便如犬般切地流口水；但我更需要擁抱，在吃飯以前，我會和妳帶笑地躺在床上，裹著棉被什麼也不做，任憑外頭大馬路上的車流沖走時間，窗外燈火漸闌，妳才捱不住餓地把我抓出去吃飯。

我會摸著妳靠在肩上的頭，一手拿著小說，而妳看著手機，偶爾打斷我給我看些東西。那些甜蜜緩和的時光消逝大半，我卻仍舊習慣地拍拍大腿，等來的只有拍擊的餘響。

我是夜遊人，貓科的習性，天濛濛欲亮時才願躺上床就寢。妳彷彿在睡眠中警惕，當我繞過妳的身軀躺上床，妳便緊緊擁住我，把頭置在我臂彎上。親切的重量不使我難眠，而早已形同睡眠的開關。只要轉過身把下巴埋在妳頭上，聞著熟悉的髮香，我便能安然睡去。

我已無能再回憶。

一年如此久遠，卻又如此快速地繞過我，時序在我身上已無威能。

我始終在拉開鐵門時，誤以爲妳仍在那：坐在桌前，靜靜地等。我只和妳說話，而如今我已是失語之人。妳留在我身上的慣習如律令，巧妙箝制我的生活，妳曾和我說過巴伐洛夫。

吃食於我已是寡味至極，我不再開伙，只願在外頭隨意吃過。但妳的要求：不辣、不要香菜，如果有的話，不要木耳……仍然很熟悉地在我腦海浮過；我坐在餐桌上，有時對頭飄來妳的幻影，靜靜地坐在我面前，而後消散不見。

如同每個夜裡，我躺在床板，手上失去慣習的重量，縱然翻身變得自在，卻只徒增了我夜裡的輾轉。我埋在妳曾躺過的枕上，時間卻已帶走氣味，就像已不知在何處的妳，不知該何處找尋。我便時常呆呆地盤腿坐在床板，望著眼前無盡的漆黑。

儘管窗外已近天明，潛伏在都市裡的鳥兒已在之上啼鳴，隱隱傳來鐵板與鐵鏟清脆的敲擊聲，我仍緊靠著漫漶寒意的牆。

妳曉得，我是只能寫的人了，而我所寫下的，盡是妳在我身上遺留的餽贈。此刻人們已經醒來，廊道上偶爾傳來拖鞋踏行的聲響了。

抽屜裡疊著幾近漫出的信紙，如此的生活已過了一載有餘。我想像遠處的妳，應也晨起盥洗罷，準備出門了。但廊道裡始終不會響起妳厚厚的鞋跟踩在地面的聲響，繞過此處的聲音縱然多，卻沒有一個是妳。

妳和我說過巴伐洛夫的故事。妳說，當鈴響起時，被制約的狗會流下口水，無論我們親愛的心理學家是否送上餐來。我想像牠的眼神是如何殷切看著眼前的主人。妳沒有告訴過我：如若那狗晚於巴伐洛夫離開，是否仍有人爲牠響鈴；若無他，牠是否便不再對人垂涎……我已無能想像了：妳只和我說過牠的故事，卻未曾告訴我，牠應該如何面對沒有他的生命。

我把這些信紙全數留入信封裡了，在正中央的紅框裡題著妳的名，我依舊會忘情地撫觸那些字跡，妳留在我生活裡的只剩下慣習，還有這親切的名姓。收件欄是空白的，亦如我的想像，我只能一再地掏出自己寫過的話語，沉浸在尚未被擾亂的記憶裡，他們恆久散發微弱的光，在那裏我甘心於臣服妳每個制約。

但妳曉得，我是只能寫的人了，而這已經鼓脹的信封袋，會始終沉眠在我的抽屜裡。我甘心與它們一同腐爛。外頭的人聲已逐漸嘈雜了，他們在提醒我該回到床上，縱然已無熟悉的氣味哄我入眠，我仍舊得漂浮在床板上，等待倦怠如浪潮一般，把我捲進深海裡頭。

路上

王　恩慈

剛下充斥著悶臭人味的火車，本以為能呼吸到新鮮的空氣，第一口吸到的卻滿是塵土與煙塵。她看爸爸伸了個大懶腰、動動快要落枕的脖子，骨頭隨之咯咯作響，於是她跟著模仿，但骨頭沒有發出聲音。嘈雜的火車站月台上都是來往的行人，她睜大眼睛到處瞧，漆成墨綠色的火車有著銀色的窗框，明黃色的線條畫在車窗上下，每節車廂的正中間都掛著寫了起始站與終點站站名的牌子。她看到有人一臉疲憊，看來在車上沒有休息好，她想起昨天經過隔壁車廂，是吵架夫妻的丈夫。她看到剛剛在火車上給她摺紙鶴的叔叔，對他揮了揮手，對方回以微笑。爸爸和媽媽好不容易才把弟弟哄睡著，這個小傢伙稍早的時候在床上尿了好大一泡尿，媽媽用被子蓋住濕掉的那一塊，讓她不要宣揚。

爸爸去聯絡說要來接應的舅舅，她好喜歡舅舅和舅媽，他們身上有著和爸爸媽媽不同的氣味，而且舅舅不抽菸，對她總會笑笑的，不像爸爸。她喜歡讓舅舅抱，她會用臉頰磨蹭舅舅有鬍渣的下巴。

票閘出口與車站外隔著一道柵欄，外面有很多人在吆喝，她聽不清楚那些帶著口音的話在說些什麼，只覺得有些人的眼神很可怕。然後她看到爸爸對著電話的另一頭咆嘯。她也常不知道爲什麼就會被爸爸吼，所以並不在乎，讓她感興趣的是長長的旅程、路上的風景、途中遇到的陌生人、與一個恰好能讓自己窩著安睡的地方。

一出車站才發現站前廣場很大，一陣風颳來，和剛剛在車廂內聞到的人味不同，不是悶臭的騷味，而是汗味和油味，夾雜著口臭味。小販向前對旅客兜售物品，出租車司機則喊著價招攬客人，儘管她並沒有身爲一個小女孩在社會上所承擔的風險的自覺，但她在看見聲勢浩大迎面湧來的人群時，本能上地感到了害怕，但她知道爸爸現在不知跑哪去抽菸了，只留媽媽一人在這邊顧行李和弟弟，所以她不能表現出畏懼了的樣子。

不久，一輛的是停在離她們不遠的地方，車門打開，那人一探頭她便認出了來人，興奮大喊：「舅舅！在這兒！」舅舅穿過來往的行人小跑步過來，一把抱起了她：「小丫頭長大囉！」一邊跟媽媽打了聲招呼，拎起比較重的行李箱。和舅舅比肩的視野挺新鮮，雖然爸爸比舅舅高，但他從來不曾抱起她在肩上耍玩。她一會兒捏捏臉頰，一會兒抓抓頭髮，一會兒摸摸耳朵，舅舅就這樣讓她隨便玩，也不生氣。「姊，我找輛順路的小貨車帶你們吧？的是搭一趟長途不划算。」

舅舅讓她跟媽媽帶著弟弟在廣場旁的一家商店外頭等，那裡有陰影遮陽，人也不太多。她也沒多想，就跟著去了。舅舅買了個酸奶給她，然後到大馬路旁的市集上，挨個問那些載著看起來像媽媽娘家那邊出產的水果、農作物的貨車司機，方不方便讓搭個順風車。她沒有打開酸奶，想著待會給弟弟喝。然後她小心翼翼抬頭瞧一眼媽媽，媽媽默不作聲，五官皺成了一團。

不久，爸爸帶著菸味出現了，板著一張臉，沒有說話。不知道哪裡傳來了樂器演奏的聲音，是她不熟悉的旋律，有人悠悠哼起了小曲，歌聲低抑，冗長又悲涼，聽不清歌詞。她東張西望，只看到了一個吹笛子的人。商店白色的外牆剛粉刷沒多久，還是新的，潔白的牆讓她想拿起筆來畫畫。店旁種了棵桑葚，現在已經過了桑葚成熟的季節，只有桑葉沒有桑葚。她想起以前養蠶寶寶時，每天都要去鄰居家採新鮮桑葉餵食牠們，她曾好奇桑葉吃起來是什麼味道，於是吃進口中咀嚼了兩下，那味道讓她馬上吐了出來。原來蠶寶寶的口味這麼奇怪。爸爸走進商店，只要有商店他都會走進去。

舅舅帶著一袋棗子和一顆哈密瓜回來，他說他找到順路的司機願意帶一程，然後他拿出一顆棗子，在衣服上蹭了蹭，遞給她。然後一家人上了車，那副駕駛看到媽媽帶著弟弟，便讓出座位，他來和我們一起坐後斗。爸爸叼了根從商店買來的香腸，他咬了好久才把包裝上的鐵環弄下來。

她吃著蜜棗，小貨車行駛在柏油路上還稍嫌顛簸，震了一下，她就磕到了牙，流了點血在白色的棗子果肉上。她也沒在意，繼續啃著棗子。夕陽爲路邊的房子染上了橙色，已經有店家點了燈，已經到了晚餐時分，各種食物的香氣傳來。她打了個顫，這裡入夜後的溫差很大，現在氣溫已隨著太陽的落下開始降低了，舅舅問了坐在前頭的媽媽，在行李中翻找外套給她。她也沒像個小女生一樣在意後斗很髒，乖乖把外套穿上窩在舅舅旁。「等一下到家，外公外婆會殺羊給妳們吃。」舅舅說。車程漫長，她想到昨天教她摺紙的叔叔，他們對著窗戶摺紙聊天，窗外的夜空很美，星星像從打翻的亮片罐子裡灑出來的，傾瀉整片天空，不像是爸爸的家鄉，夜晚的天空中連一顆星子都沒有，只有一片光禿禿的漆黑。

貨車不知不覺已駛離市區，整排整排的矮樓房不見了，只有零星幾戶平房住家。她抬起頭來，用無精打采的眼睛看著前面，車燈僅照亮了前方三五公尺的路，更前面的是一片朦朧的炭黑色，車又大大地咯登了一下，有一隻狗從前面竄了出來，她被下了好大一跳。這隻狗還挺兇，追著車狂吠了好一陣子，她覺得狗一定會跳上來，咬誰一口，結果狗忽然停下了腳步，從旁邊跑掉了。

她沉沉地睡了過去。行經路燈不夠密集的地方，就只有一片漆黑，伸手不見五指，這讓她想起家旁邊的那條河，附近的居民都叫它「大河」，實際上那條河只不過是濁水溪的其中一條支流而已。那條傍著河的小路原本只鋪了柏油，沒有路燈和柵欄，不少半夜過路的人摔進河裡。後來弟弟也摔進河裡過，差點沒淹死，導致他有很長的一段時間根本不敢過那條路，而她即使曾在那條路的轉角處摔斷過一條胳膊，打了三個骨釘，也照樣在那條路上過，那條路不僅到學校快，蓋了一間新的小學之後，圍牆上種滿了紫紅色與白色的九重葛，在花開的季節裡就會變成一道花牆，下起花雨。此時的她，還不知道在不遠的未來，國中畢業那天，她別著大紅色的胸花，獨自提著縣長獎的禮品袋子和一束熊熊花，側背包裡裝著兩三張獎狀、一本畢業紀念冊，以及一堆學弟妹送的甜食。不小心弄掉了胸花，她還在滿是紫紅九重葛的地上找了很久。

朦朧中她又聽見了哼歌的聲音。風吹得路旁的樹沙沙作響，還有不知哪來的鳥叫聲，父親和舅舅低聲交談著。她帶著睡意想要伸個懶腰，但舅舅把她抱得死緊，她只好一動也不動地繼續蜷縮著身體。她睜開了眼，她們的頭上滿天繁星閃爍，天空中沒有雲朵，空氣像是靜止了流動，來自四面八方的聲音在瞬間沒了聲音，好像是生怕打破這一刻的美。天空那無法測量深度的廣袤和深邃，她想，人們便是憑藉著夜幕低垂、月亮高照的荒原夜景才能對此有所體會。天空可怕、美麗，誘惑著人們，使人暈眩。夜鳥倏地飛過，在蟲鳴的聲響中，她感覺到了一股奇異的情感油然而生，美麗而不被在乎的這一切，嚴峻的故土呼喚著。

外婆

林　佩誼

一、

最近我媽很喜歡親自送我去搭車，嘟囔著沒有時間陪我。而我已經厭煩去控訴她的彌補行爲，好似我一定得接受她的愧疚，事實上連她愧不愧疚都不得而知。她想熨平我皺褶的童年，可是這件陳年襯衫，怎麼樣也燙不平。成年以後離家很遠，是一件幸福地很悲哀的事，興許是來自這個年紀的叛逆，也或許是因爲家眞的令人窒息。

我跟我媽就像是生活在同一個屋簷下的陌生人，比一起分租雅房的室友更不熟一些。跟媽媽有關的記憶，大概只有她在工作或睡覺的背影，還有跟爸爸激烈爭執的聲音，至於電視裡提到的「媽媽的味道」，永遠只是肥皂劇一樣的幻境。長年下來的噩夢，是每逢母親節，國小的課堂上就會設計許多別具意義的活動，比如製作母親節卡片或蛋糕。

雖然老師都會貼心地提醒，如果是沒有母親的家庭，可以贈送給其他主要照顧者。可是我有媽媽，所以必須送給媽媽。那年我拿著卡片回家，跪著求她收下，她只是忿忿地說：「以後不要再給我這種東西，我不會收。」

長大後的我發現，原來有些人不是沒有愛，而是不曉得如何去愛。她出生在一個不怎麼好的家庭，也沒有受過太好的教育，一生都在追求錯誤的東西，以物質上的享樂爲優先，連照顧自己都不會。咖啡因成癮，日夜顛倒，沒有固定進食的時間，環境髒亂不堪。

二、

有些悲劇是會世襲的，比如那天晚上外婆打來一通電話，內容大概與外公的遺產有關，最後媽媽用指責外婆重聽的咆哮，切斷了雙方的聯繫。後來我也曾站在媽媽面前和她說話，叫了三四次，她都沒聽見。

在我很小的時候，每年都會回外婆家，曾經在那裡住過幾天。過年期間外婆會煮一桌好菜，飯後會跟舅舅、阿姨還有表兄弟姊妹一起玩遊戲。隔天早上表姊會分享我的睡相有多難看，引來一陣哄堂大笑。可是我從那時候就發現，聽不懂國語的外婆，老是插不進我們的話題，如果向外公詢問，只會惹來大聲斥責。那時候覺得外婆被欺負了，就會陪在外婆身邊，幫忙收拾碗盤之類的。

長大以後才明白，那是當時男尊女卑的社會結構所產生的問題。外婆的成長背景是這樣的，女孩子不用讀太多書，從小就要幫忙家務事，長大後嫁個好人家。所以外婆沒有讀過小學，也不識字。嫁給有幾片土地的外公，生了五個小孩，三男兩女，在家中是沒有什麼地位的。然而，在那個比起讀書，賺錢更重要的時代，外婆中斷了孩子們的學習，迫使他們早點去找工作，只有我媽勉強讀到了五專。金錢至上的家庭教育使兄弟姊妹間的感情也淡薄得多，五個孩子對父親的權威是屈服的，對母親的怯懦是輕蔑的，對利益是爭先恐後的。

再後來外公過世了，兩個就住在對面的舅舅，從此不回家。土地的遺產原本是要平分給外婆及五個孩子的，可是在重男輕女環境中長大的外婆，則認爲要把全部過戶給從商的大舅舅，連自己也不留一份。而媽媽和阿姨堅持無論財產有沒有平分，外婆手裡都應該留一份，因爲這件事鬧上法院，那個家庭就此破裂。媽媽和阿姨總是指責外婆的無知，看不清楚舅舅是一個自私自利的人。可是要如何讓一個沒有受過教育的老人，去相信自己的兒子不是好人呢？

那之後就維持兩三年才回去一次外婆家的頻率，初二的外婆家門口，歪歪斜斜地貼著市政府送的春聯，內部則是一片昏暗和髒亂，牆上爬滿蜘蛛網，沙發墊好幾年沒換，桌上勉強擺出塑膠盒裝的糖果，還有幾袋放到過期的零食。外婆並不是獨居，家中還有長年失業且酗酒成癮的小舅舅，到了下午才搖搖晃晃地從變成廢墟的老家走出來，進到家裡也跟外婆保持一定的距離，連眼神接觸也懶得，因爲他知道外婆剛跟我們抱怨完，他在哪裡又闖了什麼禍。拉開門就能看見兩位舅舅的房子，而我站在矮平房門前，觀賞兩棟外觀新穎的透天厝，忽然一陣冷風吹過，全臺灣都在除舊佈新的時候，只有這裡年復一年。

三、

最後一次呼吸那屋窄窄的悲涼，也是三年前的事了。作爲長年保持緘默的旁觀者，我感受到體內難以平衡的天秤正不斷被拉扯，找不到自己在這齣悲劇中的角色，只能眼睜睜看著如此貼近的家庭，漸漸流失家的意義。於是去年我決定爲此劇本新增角色——獨自踏上長征的勇者，因爲知道沒有人在公主身邊，所以想去陪陪她。關於外婆家的交通路線我是一無所知，只記得那應該在鄰近海灣的某個小山丘上，離市區非常遙遠，一邊研究著轉車方式一邊下錯公車站，憑恃著模糊的記憶，在炎炎夏日中終於找到了外婆家。難道一定要像楊牧走訪國內外的山川瀑布，才是壯遊嗎？十幾歲的尾巴，給自己的成年禮，是靠著自己的力量，走到好久不見的外婆家。

三年多未見，她一開始沒有認出我，嚴重的皮膚病使她臉上的黃與白分化得更明顯，佝僂的身軀與厚重的腰帶使得移動的步履相當蹣跚。我用生硬的閩南語向她介紹自己是誰，再想盡辦法聽懂她機關槍似的埋怨。三年沒有外婆的來電，原來是因爲家裡電話壞掉，打不通了。在這個曾經坐滿親朋好友，一起用餐一起遊玩的家，有好多東西都壞掉了，舊型電視早已無法收看，冰箱沒有任何冷藏效果，連電話那頭都是空虛的安靜。

不擅長修理電器的我，請了住在附近的同學來協助。電話的零件都太過老舊，線路也需要重新整理，一番折騰之後總算修好了電話，可是修不好的是外婆臉上的苦悶，電話修好了又能打給誰呢？外婆偷偷將我拽到一旁，拿出六張百元鈔，請我拿給同學，而他當然是拒絕的，幾經推辭後，我送同學到門口，揮手告別的下一秒，外婆把鈔票塞回我手裡，叮囑著我一定要拿給同學，並且祝福他在未來職場上能多有貴人相助。外婆混濁的眼中漾著純淨的言語，身後的矮平房也比對面的新式透天厝高出許多。我想，這是我今年夏天做過最有意義的事情了。

四、

當爸爸問我今天去哪裡的時候，我一五一十地說了，包括這些年作爲一個旁觀者，當初所有的緘默都轉化爲沉甸甸的話語，陪伴眼淚潸潸落下。爸爸只是嘆氣，這世界上本來就有許多不得已，看來我還是太年輕，不曉得原來世界上有一些不得已，會讓我們連親人都無法善待。然而，那個瞬間，我腦中劃過的是每一幕我對媽媽冷眼相待的場景，有如幻燈片一樣閃過腦海。

「嬰仔嬰嬰睡，一瞑大一吋。」這天晚上，我回想起她唱的搖籃曲，一定是她媽媽也唱給她聽過。這首童謠確實拯救了童年的無數個深夜，也許我不該對她有所怨懟，畢竟，沒有人是天生就會當媽媽的，她和外婆都一樣，可能已經過不好自己的人生，又如何能用適合的方式愛人？一個平靜也不過的夜晚，我好像能原諒所有不能原諒的從前，在心中暗暗發誓，要把上個世代的仇恨，在我這裡終結。

今年過年媽決定回外婆家看看，沒說的是那天夜裡爸爸將我去找外婆的事告訴了她。坐在車子的前座，我只能看到她的側臉，她說：「傷我最深的是我媽媽，但我還是想對她好。」無可否認的是，每個人在一段破碎的關係中都是身負重傷的，我們身上都長滿了刺，可是如果能夠擁抱彼此，即使疼痛也溫暖。在外婆家用了午餐，連同三四年未歸的阿姨一齊，氣氛當然不如從前好，沙發墊不僅破舊，還蒙上一層灰，室內燈光昏暗，卻赤裸裸地照出人們臉上難掩的悲哀。然而手一端，湯是熱的，有些尷尬的談話中，也夾雜了幾句真心的笑。後來我們載外婆到附近的海港走走，海風使勁劃過她雜亂的髮際，黃與白的斑點沾附不曉得是沙還是鹽的顆粒，可是眉宇間似乎得到了某種舒緩，她凝視著海很久很久，久到成為風景的一部分。然後媽媽叫住外婆——「回家了。」她說。

這世界上有很多偉大的人物，他們的名字響噹噹地被世人記得，可是什麼樣才叫作偉大呢，是創立好幾間公司，還是名下有千萬資產？一個在不平等環境下長大的女人，沒有受過什麼教育，忍受著那些命運的凌遲，將一生奉獻給家庭，希望自己的孩子好，扛下了許多壓力和傷心，即使自顧不暇還是懂得為別人祝福。「那是上個世紀的悲劇，卑微的女性形象需要被破除。」原本想這麼寫的我，忽然想到，為什麼我們一定要用悲觀的眼光看待這一切呢？上個世紀的女性在卑微中生出一朵花，她不可憐，反而很勇敢。抬起頭，挺直腰桿，深吸一口氣，閉起眼睛再睜開，我想向這世界宣告：
她是我看過最偉大的女性，我的外婆——陳素桂。

智齒日記

林　于勝

智齒，又名阻生牙。

在紅潤潮濕的土壤裡，一隻白色的獸正在潛伏，那獸全身披著堅硬的殼，用牠潔白的鱗甲在柔軟而又充滿水份的泥土中蠕動，破壞著原先平和的紅色大地，尖銳的白爪刺破紅壤的表面，躁動的獸迫不急待的要探出頭來，衝動魯莽地翻開血紅的泥，歪歪斜斜的盤踞在隱秘的地形，阻礙著其他即將萌生，還畏畏縮縮的白色幼獸。

在寒假的尾聲，我去小診所，做了健康檢查，沒什麼大礙，醫生只是淡淡的說：「長了兩顆智齒。」

那時我還不清楚智齒是什麼東西，只是感覺確實有堅硬的東西歪歪斜斜的卡在牙齦內部的角落，但並沒有感到不舒服，所以也沒放在心上。

醫生又是用著淡淡的語氣說：「可能會阻礙其他牙齒的生長。」

「那……那該怎麼辦？」不了解智齒的我有點小緊張。

「動個小手術就好，過年還是可以大吃大喝。」醫生稀鬆平常的說。

看來是我想多了，拔智齒大概就和拔牙沒兩樣吧？不過聽到「手術」兩個字，心裡還是有些忐忑。

過了不久，我到了大醫院照 x 光檢查，醫生是一名陽光開朗的年輕帥哥，用著歡快而又有活力的聲調說：「來！我們看看這個 x 光片！」

聽到醫生好像很親切，我忘記了忐忑的心，湊了過去。

「我來跟你講一下手術的風險啦！你看這裡有條牙根神經，你的智齒離它很近，可能會被切斷。」醫生的聲音還是充滿活力，但我卻感到一絲的恐懼。

自幼只有國文好，上大學也唸人文科系的我，當然知道神經有什麼用，不過被切斷之後會發生什麼事，我仔細回憶著我從來沒有塞到腦袋裡的生物課本，仍然只有未知的空白。

「就只是下巴附近會沒有知覺而已，你十九歲恢復力很好的，反正你遲早要拔就儘早拔吧！」醫生感覺躍躍欲試。

於是我便和醫生排定了手術的日期，在開學的第二天。

臨走前醫生又歡快的說：「一定會痛的啦！」

我還來不及回話，醫生又說：「說不痛是騙人的！」

在接下來不到幾天的寒假我便帶著更加忐忑不安的心渡過，偶爾會拿起手機，翻看著和喜歡的女孩子對話的紀錄，不過我並沒有再發訊息給她……等等，這是我和我智齒的故事，我和我喜歡的女孩之間說了什麼並不是重點。

開學的第一天到來了，距離拔智齒只剩一天，我感到前所未有的緊張，那到底會有多痛啊？會不會像是被拷問一樣的疼？醫生應該只是在嚇我吧？我腦袋不停的轉，此時我喜歡的女孩走進了教室，我的心跳剛好跳到最高點，我畏畏縮縮的想舉起手和她打招呼，但想到寒假發生的那件事又沒能舉起來……

等等，再說一次，這是我智齒的日記，我和我喜歡的女孩之間發生了什麼，一點也不重要。

手術的時間逼近，我的心情越發鬱悶了，開學的第一天卻充滿著黯淡的心情，腦袋一直轉個不停。

手術的日期終於到來，我難過的走進教室，上著最後一堂課，想到等一下要拔智齒，就覺得要哭了出來，眼神不停望向教室的門，想起我曾和喜歡的女孩一起修這門課，不過她不會再踏進這間教室了。

不……我在想什麼啊！這時候要在乎的應該是我嘴巴裡那顆惹人厭的智齒吧！

上完了課，走向醫院，進去手術室，原先以爲會是像電影中血淋淋的手術房，擺著一堆尖銳可怖的器具，但其實卻燈光明亮，只有張小小的躺椅，我還想我會被固定起來，然後被手術刀兇殘的宰割。

醫生照樣充滿活力的迎接我，問我會不會怕，我支支吾吾的否認，將眼睛緊閉，醫生準備要上麻藥時，我想起了我曾在網路上看過，有人說她麻藥不起作用的慘劇，緊張的心臟狂跳。

結果，麻藥的效果非常強，我感到我嘴巴內部的小世界，有一半好像進入了虛空，以舌頭爲界，右邊的臉完全沒有感覺，彷彿憑空消失了一塊身體，也察覺不了口水的流動，一滴透明的液體從嘴角流出，牽了一絲黏稠的線，沾在衣服上，讓我覺得很是狼狽。

漱了漱漱口水後，手術終於開始了，我的臉被一塊布蓋住，只留下可以露出嘴巴的洞，可能是因爲右邊的口腔沒有知覺，我沒發現還有些殘留的漱口水，那加了藥味的液體從虛空中冒出，向我的喉嚨前進，另一方面，我感到似乎有一些棒狀物和管子也朝我的口腔內進軍。

因爲麻藥很強，我感受不到疼痛，不過上排牙齒還是有被拉扯的感覺，我不知道醫生用了什麼工具，但我絕對不想知道，令人比較不適的是，那些漱口水在我的喉嚨積了一個水池，然後一點一滴的進入我的食道，我能清楚的感受到那噁心的液體流進我的體內。

醫生的技術很好，水池好像還沒流乾，上排的智齒一下就被掃蕩。

「下面就辛苦一點了……」一向開朗的醫生，語氣變得凝重了起來，我也隨即繃緊了神經。

醫生動作開始越來越用力，彷彿在和我的智齒來一場激烈的拔河比賽，那拉扯的力道就像是要讓整個世界翻覆一樣，但我頑強的智齒似乎仍屹立不搖，天崩地裂也無法將其撼動。

耳畔邊響起了電鑽的嗡嗡聲，隨即好像在鑿開路面，鑽碎岩石似的，發出巨大的轟鳴，還有劇烈的搖晃，整個空間就像要因此而變形，我想我的牙齦恐怕已經被鑽的血肉模糊了吧！

醫生又拉又扯又鑽，我喉嚨噁心的水池早已乾涸，這場較勁仍未終了，越來越多我不想知道的器具向著口腔內的戰場增援，我相信那一定是片血淋淋的慘況，鐵製的器具乒乒乓乓的交鋒，依然無法貫穿智齒的鎧甲，那白色巨獸與醫生大戰數百回卻依然堅若磐石，拉拉扯扯，先鑽再鑿，敲敲打打，先割再挖，那些器具不停深入，像是挖掘我的肉般，要在牙齦上挖出戰壕。

「接下來就要縫合了，割到動脈了。」醫生的聲音很疲倦。

看來醫生戰勝了智齒，至於動脈被割了會怎樣，唸文科的我懶得去想。

接著針線在我沒有知覺的肉上不停穿梭，偶爾不知是針還是線，刮到了我左邊沒被麻藥保護的舌頭，傳來一陣陣刺痛，不過手術能安全結束，一點小痛我根本不在意。

但我萬萬沒想到手術結束後才是地獄的開始。

我右邊的臉腫了起來，口腔的右側也腫大了數倍，腫起的肉甚至將側邊的牙齒包住，牙齒無法密合，腫起的肉擋在中間，血水溢滿口腔，混合著口水，成了黏稠的暗紅色液體，從沒有知覺的嘴角偷偷逃出，滿嘴滴血的我簡直狼狽極了。

回到家我邊吞嚥著血水，邊冰敷著右邊腫起的臉，突然我感到一陣驚愕，爲什麼一點也不冰？難不成……

我想起了醫生的話，我的牙根神經被斬斷了嗎！仔細想想，在那麼激烈的戰役下，被斬斷也是正常之事，不過就在我爲戰死的牙根神經默默哀悼時，我恢復了知覺。

哦！原來只是麻藥沒退。

由於滿嘴的血和腫起的肉，我完全無法進食，冰敷著腫脹的臉，飲著腥味的血，再吃點藥粉和藥丸，飢餓的我虛弱的進入夢鄉，結束了這動盪的一天。

隔天早上醒來，我戴著口罩走向學校，沒想到在這疫情時代，口罩的束縛卻成了遮擋我腫起臉頰的保護罩。我和我同學分享著我拔智齒的經驗，雖然止血了，但因爲太腫，說話還是很不清晰，最後也結束了交流，我想我應該用寫的比較好，寫個智齒日記之類的，但肚子眞的太餓，沒力氣寫就先擱置了。

同學關心著我會不會痛，老實說不太會痛，只是很腫很餓很虛弱，想要大口吃肉卻不行，餓得頭昏眼花，就在這時我看見我喜歡的女孩走進了教室。

我緊張的吞了吞口水，鼓足了我最大的勇氣向她揮了揮手，但她沒有回應，我想她可能因爲寒假的事在生我的氣吧！

不知爲何的，我突然覺得好痛，眞的眞的好痛，不過不是口腔腫起的肉在痛。

感覺心頭上的肉就像被碾碎了一樣，好痛。

可能是因爲吃不了什麼東西，接下來好一陣子都覺得沒有力氣，好像對生活失去了動力，只想頹廢的躺在沙發上，什麼事也不想做，先前想寫的智齒日記也沒有心思動筆了。

隔天肉消腫了不少，可以吃些流質的食物，但還是覺得沒什麼熱量，身體好虛弱只想睡覺，遇到喜歡的女孩連揮手的力氣也沒了。

再隔天還是覺得好累，雖然努力的想舉起手，但我還是舉不起來。

接著遇到了三天的連假，充分休息後，已經能吃比較軟的肉，體力也恢復了，但不知道爲什麼，還是沒有動力，什麼事情都不想做，偶爾打開手機，滑著不重要的聊天紀錄。

連假結束了，社團和研究室的活動也要開始，我埋首於大大小小的活動中，想讓自己看起來像是有在做事的樣子。

又過了一天，我恢復的很快，晚上的社團活動已經能站在臺上流利的和社員互動，大口咬著零食，可是走回家時，卻覺得全身無力，嘴角沒辦法揚起，一定是肉還沒完全消腫。

隔天清早，鬧鐘不知響了幾次，催促著我上學，就在我按掉它好幾次後，終於搖搖晃晃的起身，鏡子裡的我無精打采，蓬頭垢面，簡直像個頹廢的流浪漢，但我也算手術後的傷患吧！寄居在我肉裡的縫線還沒拆掉，我可以繼續再當個虛弱的病人也無所謂吧？

走向學校，我兩眼失神的抄著凌亂的筆記，很快的過了一堂課，中間的空堂，我腳步蹣跚的往家的方向走去，智齒不只是阻生牙，也是阻礙進食，阻礙生活的怪獸，眞是討厭極了，這一切都是智齒的錯，此時剛好在路上遇到我喜歡的女孩，我頂著狼狽的模樣，有氣無力，眼神黯淡的向她揮手，她對我笑了笑，也和我打了招呼。

我發現我的嘴角可以上揚了，大概是消腫了吧。

下午我去拆了線，智齒的災難終於結束，不過醫生說傷口那還是有點腫，我右臉還是帶著些青黃的淤血。

傷還沒完全好，但我覺得我有力氣繼續向前走了，是時候把之前沒力氣寫的智齒日記寫完。

補完所有的日記後，相信下一頁會寫下美好的故事。

PART 03
小說

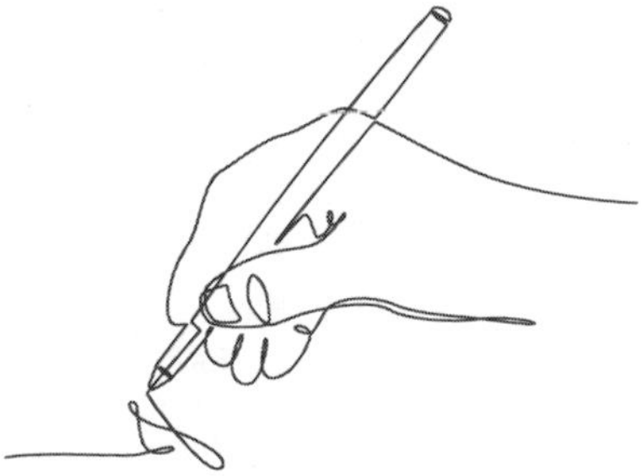

耳朵

高　衍　渤

「我在一個月前殺了師父。」

我對著熟睡的妻子喃喃自語，銅鏡裏的她像一只乾枯的檸檬，蜷縮在涼夜的燭火下發出微弱鼾聲，結婚之後，每個午夜我都會這樣久久呆坐床邊，我取走了師父的性命，師父取走了我的睡眠。

夢中的師父總是壯年的臉龐，站在煙霧嫋嫋的竹林中，手裏撫著一把吹毛斷發的鐵劍，這把劍如今正掛在我臥室潮濕的牆壁上滋生苔蘚，可夢裏的我卻渴望得每個毛孔都顫抖，我踏著泥濘飛奔，竹葉刮破我的臉，我全力伸長手臂，終於抓到了夢寐以求的禮物，可當我五指合攏的一瞬間，寶劍立刻在我掌心坍縮成一顆棋子，師父的五官也開始凋謝。

「難道閻羅王封你當了夜遊神，好讓你天天晚上都來折磨我嗎，師父。」我的牙齒顫抖，神經跳動。

妻子聽不見我的異常，她每晚都睡得很熟。

「我二十五年來的所有災難都結束了。」新婚之夜她吻我的耳朵，對我說了這句話，我或許應該爲此高興。

我少年的時候，曾幻想過她對我說許多更疏遠、更含蓄的話，哪怕一句輕飄飄的早安都能給我足夠的力量去面對第二天練功的痛苦。可那時的我像一只鼴鼠，只知道埋頭挖掘那些我自認爲能通向她的泥土，想像挖通的那日可以用其他更親昵的稱呼取代「師妹」這個不遠不近的詞，直到她像謎一樣消失的那天，她留給我的只是隨風微擺的淡青色衣袖。這絲輕飄飄的袖子卻遮住了所有女人，師父誤解我生來就有不近女色的大能，讓我練了一種內功，在我功成之日才得知這種功法的副作用是陽痿。

師父的想當然害死了他自己，就算他被封爲永恆不滅的夜遊神，也永遠想不明白爲什麼最寵愛的徒弟會在對弈之時突然把一顆棋子打進自己的胸口。

我厭惡下棋這種消遣方式，棋盤對我而言像一張密不透風的大網，我們費盡心機去堵住對方所有的氣並以此爲樂，儘管後山天清氣朗，我卻愈加窒息，冷汗淋漓。

師父一無所感，他肯定以爲我額頭的汗是源自緊張或酣暢，他捻鬚微笑，屢屢出言提點我如何更高效率地堵死棋子的氣，我幾近暈厥，棋子像困獸一樣號叫，在我腦袋裏咣咣作響，當我從這種可怕的感覺中掙扎出來，師父已經仰面倒在地上，無聲無息。

「爲什麼不肯放過我。」

可是人總是需要放過自己，我不想像只肥豬一樣被公開審判，然後在自己的瘋狂嚎叫聲中遭到宰殺，我必須得逃開師兄的怒火、門派的懲罰。

我逃到了關中的黑水縣，乞丐和流寇的樂土。

爲了讓自己獲得一段時間上的安寧，再惡劣的新境遇我們往往都可以接受，這就是逃離的魅力，可命運就像一個琢磨不定的瘋子，你將他打倒在地，他反而會露著花花綠綠的牙齒送你一顆新鮮蘋果，我在狹窄昏暗的巷子裏重逢了我深愛的師妹，如今她是我的妻子。

咚咚咚。

門響了。

黑水縣的夜晚總是會有不懷好意的叩門聲，若長久沒有回應，就會有人破門而入，快速地用枕頭或匕首殺死你，把你稱之爲家的地方洗劫一空。所以這座縣城的人家通常都用沉重的鎖鏈緊緊封住門窗，活得像縮在圈裏瑟瑟發抖的羔羊。

今晚我的劍又沾了血，一劍封喉，沒有讓這個高大的賊人發出任何聲音，那不會是任何好話。出劍時我刻意沒有使用內功，並沒有影響劍擊技法，一個瘋狂的念頭在賊人倒下的地方抽芽，我回到燭臺下慢慢擦拭著劍身，那念頭生出扭曲的藤蔓纏繞而上，燭火蕩漾處被點燃，烈火熊熊，火光中我看見了師父，他鐵青著臉凝視我，他總是想阻止我，然而火焰無聲，長夜漫漫。

在第二天早食的時候，我把無用的湯藥倒掉，告知妻子我準備自廢內功來嘗試治癒陽痿，也許並不該提前告訴她，她根本不會對此有任何意見，我知道她最不希望想起的就是身處江湖的日子，儘管那是我最閃耀的歲月，她只是像沒聽見一樣低頭喝著一碗白粥，又或許她還是那麼冰雪聰明，意識到只要開口勸我，我就會立刻放棄這一瘋狂想法。

「我出門了。」

不久前她用我帶來的銀子在縣衙門前的街開了一家紙傘鋪子，塗上胭紅之後她看上去才有了些許師妹的影子，走之前親吻了我的左臉，這個吻帶有鼓勵的意味，使我的心臟狂跳，我凝視著妻子離去的背影，那抹淡青色的衣袖被開門的風吹得搖曳生姿，所以我閉上眼睛，竭力回到那個地方，那裏有一方天井，散落著一地叫不出名字的樹葉，屋簷水滴日夜滴答作響，女孩的臉永遠紅撲撲的，於我有無可阻擋的魅力，當太陽從瓦縫照進大堂的時候，她坐在我身邊背唐詩，頭上別著好看的釵子，我一觸碰她的目光血液就燒灼血管，我再也無法忍受這種折磨，我脫下了衣服，沉浸在痛與樂的撕扯裏，她在光線裏像安靜的布穀鳥，我在等著她呼喚我，等待之中痛苦到達了巔峰，我疾速下墜，落到黑水鎮草廬的床榻上，睜開眼，看見了地上一攤滾燙的熱血，我的十年苦修化作縷縷煙霧消失不見。

咚咚咚。

又響起了敲門聲，我掙扎著摸到龜裂的牆壁，費勁力氣挪到牆邊握住了劍，可是他敲個不停，我只能打開門。

外面站著一個身穿官差制服的人，他上下打量著我，我立刻明白了他的來意，他來的眞不是時候。

他並不是來抓我的，江湖的恩怨官府鮮少會去插手，何況是在這混亂無序的黑水縣。七天前，我往縣衙裏送了封信，聽說縣令的上一個貼身護衛不久前在紅泥街把自己淹死在酒裏，我有自信勝任這個職務。

「你看起來像半個死人，跟縣裏的其他人沒什麼區別。」縣令輕輕轉著食指的戒指，如果他能把舌頭和戒指收斂收斂，那麼他可能確實不需要貼身護衛。

「可以讓你身後的三個人一起來試試。」我說話時能感受到寒風在血管裹呼嘯，但我不能把血吐出來，妻子賣傘的錢可不夠未來幾十年的吃穿用度，爲什麼還有幾十年那麼久。

縣令遲疑片刻，後退了半步，隨即一把樸刀朝我迎面劈來，快到我的眼睛根本看不清，這種感覺陌生得讓我反胃，但跟恐懼相比一切感覺都沒那麼重要了，我近乎本能般滾到一邊，耳朵冰冰涼涼，我反手拔出背後的長劍，刺進第二個奔向我那人的腳背，而第三個人的鐵棍重重砸在我的脊背上，我狠狠咬住牙齒，把血吞回去，隨即一劍遞出，迫使舞刀的人捂著臉退去，而鐵棍雨點一樣落下，我挺劍格擋，直到被一棍擊中手腕，一刀一劍架在我的脖子上。

「可以了。」縣令慢慢走近，蹲下注視著我，手裹提著一只耳朵，「你跟你吹噓的程度差得遠。」

我此刻才注意到血已經染紅了我的肩膀，耳朵熱乎乎的，好像還長在我的臉右邊。面對縣令的指摘我無話可說，我此刻體驗到了那些倒下我劍下所有人的心情，他們都長著同一張臉，蹲在我面前，提著我的耳朵。

死亡跟所有人都很近，只隔著一顆棋子、一閃門，我一向覺得它並不值得尊重，直到它出現在縣令那肥厚的兩片嘴唇之間，我開始不受控制地顫抖。

「不過還湊合」縣令把耳朵丟到一邊，轉身離去「來當個護院吧。」

隨後一群人把我們幾個人架到一個昏暗的房間處理傷口，我本來想要回我的耳朵，可是我看到它被人重重踩了一腳，隨即另一只腳接著踩了過去，很快我就分不清哪些是爛泥，哪些是我的耳朵了，我爲此傷心了一刻鐘的時間，直到耳朵又開始發燙，仿佛從來沒有離開過我，只是受了點傷。

晚上，當我推開門，妻子做好了一桌的飯菜，她肯定從縣衙吹出的風裏聽到了我成功找到工作的消息。她沒有問我耳朵的事，就像我沒有問過這幾年她遭遇了什麼。在吃飯前我告訴了她我已經散盡功力的喜訊，我努力從她乾瘦的面龐裏搜索一絲喜悅，不過當我意識到無論能不能找到我都不會開心就放棄了，我火速咽下桌上的所有食物，他們填不滿我空空蕩蕩的血管，只有師妹可以，而當妻子脫得一絲不掛，我卻仍像一條蛇一樣冰冷柔軟，我以爲這是因爲今天過於勞累，可隨後七天同樣的結果，讓我和每天定時到來的黑夜一樣令人絕望，這一定是師父的詛咒，他從沒有離開過我。

妻子對此表面沒有任何抱怨，但此後那碗湯藥又回到了我的面前。

廢掉內功之後，唯一的改變是在我午夜除了需要面對準時的師父，還要對那些古怪的敲門聲心驚膽戰，於是我買來沉重的鐵鎖封住窗戶，徹底成爲了小鎮的一分子。

然而最近一個月以來我慢慢認清的是，這一切痛苦，都遠不及護院這份職業給我的折磨。

就算是黑水縣，也鮮少有敢染指縣令宅邸的亡命之徒，一個護院的全部時間就是沿著圍牆踱步。在高墻的巨大陰影下，時間仿佛被窄化成一根蛛絲，一頭拴著我，一頭是幾兩碎銀，它飄在無邊無際的混沌里，我不知道自己是在上昇還是在下墜，我嘗試找個同伴去分享這種感受，可縣令宅邸中沒有願意交朋友的人，他們行動遲緩，眼神呆滯，像軟體動物，後來我發現他們也會用自己的方式做些執著的抵抗，比如有個肥胖的家丁會在縣令妻子栽的梨樹下堂而皇之地解開腰帶，尿得酣暢淋漓，像瀑布一樣嘩嘩作響。我每天都看到他都會去那顆樹下尿，我知道他想把自己的氣味牢牢刻在那裏，一百年都揮之不去，縣令的每一代子孫到梨樹下自我感動之時都將呼吸到他的味道，這就是他撒尿的意義，這就是我們企圖留下任何痕跡的意義。看著他放肆的背影，我知道自己羨慕了，我感到異常憤怒，我跟他們不同，我是可以一劍把這根蛛絲斬斷的。

為此氣得我昏了頭，在夕陽露出最焦躁顏色的時候把盛湯藥的碗摔得粉碎，銅鏡裏的妻子默默把地打掃乾淨，讓我的心臟抖如篩糠，我對她道歉，把她抱進懷裏，而她沒有憤怒也沒有掙扎，我像抱著一個稻草人，當稻草人的確能回避所有痛苦，而師妹是活生生的，如果有人膽敢對著她摔東西，她肯定會變成一隻氣紅了眼的小兔子。

我一夜都沒有睡覺，我閉著眼睛，想回到那個地方去，光線愈加明亮，照進那一方天井，筆挺的少年揮著巨大的掃帚清理滿地落葉，他是我的師兄，而師妹打開門，蹦蹦跳跳地沖進院子，而我是如此渺小，淡青色的衣袖擦過我的右耳，我接著往前走，走到門口。

門突然又被敲響了，讓這一切像藥碗碎得到處都是，我憤怒極了，拔出長劍，三步並作兩步沖到門口，是時候了結這失控的一切了。

門前站著一個鬚髮皆白的人，在月光下負著手，憐惜的目光像一雙柔軟的手撫摩著我的傷口。

「怎麼把自己搞成這樣了。」

「拜您所賜，師父。」我心裏像是有一團火在煮著一鍋寒冰，讓我幾乎要哭了出來，「您到底要折磨徒兒多久，我殺了您，但我後悔了。」

「殺了我？你以爲一顆棋子眞的能傷了爲師。」師父情緒牽著翻鬚抖動，「我想讓你清醒過來，我以爲你沒了最後的稻草，就會主動從懸崖爬上來。八年了，我什麼辦法都用過。」

「您沒死？」我嘗試觸碰他的胳膊，那種實在的感覺使我的淚水奪眶而出，我像個小孩一樣把自己埋在他臂膀裏，聽他沉重有力的心跳，感覺到自己仿佛眞的回到了那個地方。

「師父，來，進屋，您肯定想不到，我把師妹找回來了。」我拉著師父的胳膊，一邊朝屋裏嚷嚷，「師妹，快醒醒！師父來接我們了！」

師妹睡得可眞熟，這麼喊都喊不醒，我掀開門門簾，走進臥室，床上空空蕩蕩，不見半個人影。

「師妹呢，剛剛她還在這。」我有些手足無措。

「你還要在夢裏沉浸多久，你會把自己淹死的。」師父長歎一口氣，「你究竟要爲師怎麼做，你才肯接受你師妹離開的事實，她八年前在華山跌下懸崖，已經死了。」

一股涼意吞噬了我，我不能動了，像是一條毒蛇從我的雙腿盤繞而上，絲絲地吐著信子，我癡傻般反復呼喚著師妹，而銅鏡空蕩，床鋪冰涼，我想端出藥碗以證明這段日子的眞實，可藥碗已經碎了。當我的舌頭感受到鹹味，我才意識到自己淚流滿面。

「你打小就比同齡人都聰明，學什麼都快。」師父的眼睛像是一個我無法抵抗的黑洞，裏面擁擠扭曲的無數畫幅把我吸了進去，「但都不如你學習抵抗痛苦的速度快，你會爲一切讓你心臟疼痛的事情找恰當的理由，用幻想塡滿你感到空蕩的地方。」

「所以，與我結婚、陪我生活的師妹，是我幻想出來的？」我痛苦地埋著頭，腦袋裏面咣咣作響，「我只記得小時候的她，所以只能通過拙劣的想像去製造一個她從災難裏活下來的樣子，她簡直像個假人。」

師父手搭在我肩膀上，我能從那只手的顫抖感受到師父的心跳，切切實實的心跳，眞美好，「砸碎這些幻象吧，我們回家，你不想下棋就不下，做什麼都可以，只要你健健康康的。」

我感覺喉嚨裏像有一只不安的蠕蟲在反復跳動，結痂似的瘙癢在那裏洶湧著，我不知道哪裡來的勇氣和決心，我使勁吞了一口唾液，食道裏發出一聲不甘的嗚咽，這個聲音無疑給了我和師父一種正向的回饋。

「慢慢來，爲師不會逼你。」師父慢慢走到門口，在迷離的月光下側過臉，「不論怎樣，爲師永遠都在你身邊。」

我不知道自己在冰冷的地面上坐了多久，我確實是一個不愛哭的人，積蓄的淚水此刻像決堤的長江一樣氾濫成災，有時候洪災有可能是一種好事，畢竟如果再累及一百年，可能整個下游的人都要遭殃。

不能繼續當一個一直給自己找理由的混蛋了！黑水縣已經讓我看到了一切終點的模樣，我的人生再痛苦，也不能似行屍一般呆滯。是時候開始認眞生活了，我站起身，解開窗戶的鎖，讓寒風在這間破敗的房間裏肆意穿梭，我張開雙臂，一股前所未有的快意在我的雙眼閃耀如星，去他的湯藥，去他的護院，去死吧，這雞零狗碎的生活。

此時突然一陣窸窸酥酥的聲音從腳下爬過，我在銅鏡裏看到女人從床底爬了出來，她長著師妹的臉，我爲什麼此時才肯承認，這個像土雞一樣瑟瑟發抖的女人並沒有師妹的眼睛，她不配，永遠不配。

「相公，你不會離開我的吧。」

她凝視著我，餘光掃過我手上的劍。

尾聲

師父也改變了不少，七天內只要求下了兩盤棋，我們在互相理解，一切都在往變好的趨勢發展。他最近留在黑水縣陪我調整心態，而下完這盤棋我們就要啟程回家了，我的心臟咚咚地跳，憧憬著回歸正軌的生活，內功沒了可以再練，而病總有藥可以醫治，爲此我落子的聲音都快樂的像龍吟。

咚咚咚。

門又響了。

我習慣性地發了一個寒顫，而師父的手搭上我的小臂，「去開門吧，師父在，你怕什麼。」

也是，我自嘲地一笑。

門前站著一個一身白衣的男子，像一把尖刀一樣筆挺，他有我熟悉的臉，而他看到我時眼睛明顯一亮，繼而露出複雜的苦笑：「師弟，我可算找到你了。」

繼而他的目光落在我的耳朵上，「看來你這段日子過得不好。」

我此刻才意識到我已經失去了自己的耳朵，心裏猛地一抽，這感覺並不舒服，然而重逢的喜悅立刻把這種沒來由的負面情緒沖淡了，我讓自己露出微笑：「師兄，告訴你個好消息，我已經不會用幻覺繼續麻痺自己了，我現在可以做一個肯去流淚的正常人了。」

我看到師兄的呼吸明顯停滯了三個心跳的時間，繼而長長地泄出一口氣，「感謝蒼天，師兄我還以爲此生看不到這一天了呢，眞好，眞好，來，給師兄講講你是怎麼做到的？」

「說來話長，多虧了師父。」

「師父？。」師兄嘴角含苞待放的笑容消失無蹤，他眼角耷拉下來，像個落第的秀才，「看來你並沒有痊癒。」

「你胡說些什麼呢，來，進屋，我在跟師父下棋，你棋藝高，可以偷偷教我好讓我少輸幾口氣。」

「我不想說任何話了，跟你什麼都說不清楚。」師兄神經質地絮絮叨叨，他是怎麼了，「砍頭眞是便宜了華山那群賊人，他們用暗器殺了師父，害師妹跌下懸崖，只丟給我一個不肯面對現實的瘋子師弟。」

突然，師兄的鼻子不自然地抽動了幾下，「你房間裏什麼味道，你是怎麼墮落到可以生活在這種環境裏的？」

他像推一坨垃圾一樣使勁推開了我，往我屋子裏邊闖，完全無視了師父，我不知道他是怎麼了，只能跟在他的屁股後面努力解釋這些天發生的事情，而他充耳不聞，一把掀開門簾走進了我的臥室。

「師妹！」

在我的腦袋又開始咣咣作響之前，最後聽到的聲音是師兄在我房間裏對著屍體發出撕心裂肺的尖叫。

樹上的貓

吳　珺

（一）她

「早安！」

肩膀突然被拍了一下，我不自覺縮起脖子，那張笑臉則趁機塞進我的視野。

「在看什麼呢！」

笑臉的主人用手指戳了戳我因緊張而變僵硬的肩，我本試圖去理解她這親昵動作背後的深意和暗示，捎帶思索該用什麼樣的言語來回應對方，但卻搶先被她的一驚一乍給打斷了本就混亂的思路。

「哇！是貓咪呀！」

她撇下我小跑到樹下，仰起頭，樹蔭間細碎的光落在她的臉上，不加收斂的笑意在明晦變化間顯得有些迷離。

「它這是爬上去以後下不來了嘛？」

這麼自言自語著，她用力抿住嘴，略帶嬰兒肥的左臉頰因之擠出可愛的梨渦。

「好嘞！看本小姐來美女救貓！」

就好像獨立舞臺中央演獨角戲的女主角，她用朗誦般的語調唸著話劇臺詞般的句子，隨後俐落地捲起袖子，露出好看而精緻的手腕。她沒有在意裙裝的不便，也沒有考慮安全與否，就這麼旁若無人地攀上了那棵足有三四層樓高的樹。

「乖喲咪咪！不要怕哦！美女小姐姐這就來救你啦！」

她繼續這麼自言自語，明知道貓咪不可能聽懂，更不可能去回應她，但她的語氣間依舊充滿了真摯而坦率的情感，好像始終篤信著貓咪能夠理解其中的意思一般。

可真傻啊……

這麼想著，我只是覺得好笑。

「哇！」

清脆的叫聲讓我抬頭望去，她如樹袋熊般用四肢緊緊抱住樹杈，而那只蹺起身子躲在樹梢處的貓，則扭動著黑白相間的豐碩體型，趁機從她背上踩過，沿著樹幹迅速爬下樹來。只是眨眼的瞬間，它便蹦跶進了不遠處的灌木叢，消失了。

我收回目送貓咪遠去的視線，再次抬頭，恰好對上了她那略顯尷尬的笑臉。

「可真是無情呀！」

她這麼嘟囔著，但並非抱怨的語氣。從樹杈上直起身子時，她的長髮從肩頭滑落，順勢掃落了粘在衣服上的幾片枯葉。

「怪不得它要待在這兒呀。」

她發出讚美般的感慨，微笑著將長髮捋到耳後，髮梢隨風而動，拂亂身上細碎的光斑。

「我也蠻喜歡這邊的。」

笑意朦朧於明晦變化的樹影間，她就這麼安安靜靜地跨坐在枝杈的高處，視線越過那灰白色的圍墻，眺望著遠方。

「在這兒能看到圍牆的外邊呢！」

話音未落，她伸出纖長的食指，以指引者的姿態指了指圍墻的方向，轉而又指了指自己，最後再指了指我，就像有意在和我打啞謎一樣，整個過程沒有額外的言語和動作，只是靜默地笑著，靜默地眨了眨那明亮的眼睛。

我將自己藏在了樹影下，抬頭注視著她。

四周往來著名爲同學的路人，他們誰都沒有看我，也都沒有看她，就這麼背著充實沉重的書包，行色匆匆地從我身邊經過，像樹葉縫隙間流淌而過的風。

「你還不去教室嘛？」

待在枝杈上的她趁向我問詢的間隙，靈巧地挪動了下身子，迅速將坐姿從不雅的跨坐轉成爲側坐。白皙而修長的大腿淩空搖擺著，半露在裙襬外的可愛膝蓋不時碰撞在一起，發出咚咚的微響。

很顯然，她並沒有從樹上回到地面的打算。

「不下來麼……」

我輕聲問到，有一種明知故問的愚蠢感覺。

對於我的詢問，她既沒有點頭，也沒有搖頭，只是扶著樹幹瞇起了眼睛，露出貓咪般的笑容。

「我要待在這兒。」

「爲什麼？」

「因爲待在這兒能看到牆外！」

她扶著樹幹站起身來，全然不在意自己的處境。如舞蹈般轉了個身，滿不在乎地踮起腳，雙手在眉骨處搭成小小的棚。

「外面有什麼？」我問道。

「亂七八糟，而且是那種一塌糊塗的亂七八糟。」

「那爲什麼還要去看？」

「因爲我想看。」

她給出蠻橫而有力的理由，繼續執著地將目光投向灰白色的圍牆外。在那張被陰影所遮擋的臉上，我無法捕捉到任何的表情。

「數學公式概括不了世界，文學修辭裝飾不了人心，句子辭彙形容不了現實……這一切的一切，都不過是別有用心的點綴。不過沒關係，至少我還有眼睛，我還能去看。因爲我能去看，所以我想去看。」

放下架在眉骨上的雙手，樹葉縫隙間撒落的光重新照亮了她的臉。

也順帶照亮了她那如貓咪般乖巧而驕傲的笑容。

(二) 貓

透過教室的窗戶，半隱在茂密樹冠中的她和那棵樹一起成了被裱在窗框中的風景畫。樹梢間被照亮的葉子沒有顏色，明晃晃的，像漂浮在虛空中的破碎星塵。而她就那麼安靜地端坐在枝杈上，不聲不響地望著遠方，不設目的也不帶企圖。

就在我忍不住去猜想她究竟在看些什麼的時候，講臺處的一陣騷動轉移了我的注意。循聲望去，只見一大團黑白色正在講臺上晃動著。

是那只從樹上跳下的貓。

體型豐碩而飽滿的它，此刻正旁若無人地踩著驕傲的步子，自顧自的在講臺上來回轉圈，一副趾高氣昂的模樣，也因此成了引發騷動的中心。

「是誰帶進來的？誰帶進來的！」

班主任尖著嗓子，用如同指甲蓋在木板上刮劃的語調，嚷出刺耳的叫聲。同學們的目光陸陸續續投向了我，被他們的視線所指引，停止叫嚷的班主任也終於是抬頭看向了我。他的嘴微張了一下，喉嚨裡發出一陣細碎的雜聲。但終究什麼也沒有冒出來，或許是被他給咽了回去吧。

「你！把它扔出去！」

他從我身上移開了視線，轉而用教鞭對準前排的某位男生一指。就像被魔法棒點中後輸入了靈魂的人偶，那個自上課起便始終僵硬坐直的男生，「啪」的一聲站起身來，一把抱起了那團肥碩的黑白，小跑出了教室。

整個教室重又恢復到了原本的模樣，在這裡，照進室內的陽光是冷的——只有亮度，沒有溫度，是一種刺眼而沒有意義的白。

相較而言，我果然還是更喜歡那只貓的顏色——白中帶黑，黑中透白，既白的不徹底，又黑的不純粹。那是一種模棱兩可、似有似無、若隱若現的狀態，不傾向於任何一方，而是以一種靈巧的姿態保持了有趣的平衡。

班主任依舊在黑板上寫著複雜的數學公式，畫著複雜的幾何圖形，從那枯燥的喉嚨中硬擠出雜訊般沒有意義的噪音。

身邊是筆尖劃過紙張發出的沙沙聲。

窗外是清風吹過樹葉發出的沙沙聲。

都沒有意義，都不過是噪音。

我重新將視線轉向窗外，攢動的綠影間，她依舊保持著眺望墻外的姿勢。她究竟在看些什麼呢？又究竟看到了什麼呢？她口中所謂的那種「一塌糊塗的亂七八糟」又究竟是什麼樣的一番景象呢？

我覺得這並不屬於好奇的範疇，而應該只是一種理所當然的本能——因爲能看，所以想看。於是，無視正在上課的老師、無視認眞聽講的同學，我徑自走出了教室。

循著那只黑白相間的貓咪被趕走時的路線，我來到了樹下。

「午安！」

樹上的她熱情地向我打招呼，意料之中的，那只被趕出來的貓咪此刻也正和她待在一起。它完全沒有理睬我們，只是慵懶而愜意地理著雜亂的毛髮，而後便蹺起身子，瞇起眼睛望著遠方。

「你手裡拿的是什麼書？」

我沒有回應她元氣滿滿的問詢，只是默默舉起了手裡的那本書，向她展示了一下封面。

「《樹上的男爵》？」

她從樹木的最高點爬了下來，在最接近地面的枝杈處坐下，裙擺下的雙腿細長而潔白，小巧的腳尖也落到了我起身便可伸手觸碰的高度。

「我覺得你可以寫一本《樹上的公主》，搞不好能得諾貝爾文學獎哦！」

她指了指自己，好像被自己的逗樂了一般，側過臉去爽朗地笑了出來。見我沒有反應，她倒也沒有覺得尷尬，只是很自然地主動止住了笑聲。

眨了眨明亮的眼睛，那張略帶可愛的臉讓我不禁想起露出好奇表情的貓咪。她俯下身，長髮也順勢垂落，幾乎觸到了她的腳尖。

我並不擔心她會失去重心跌落下來，相較而言我更好奇她爲什麼要俯下身子，然後還要用如此認眞的目光注視向我。

本想避開的我終是無處可避。

「那本書裡有什麼?」她問道。

我搖了搖頭，至於這個動作究竟是在傳達「沒有」或是「不知道」的意思，我也不清楚。而之所以會拿這本書，只是因爲姐姐將這本書留在了她房間的書桌上。我曾試圖從其中找出某些問題的答案，但這本書裡終究是什麼也沒有，根本不存在什麼所謂的答案，除了一個很出名的作者、一個很經典的角色、一個很有趣的設定……除此以外，空空如也。

「空空如也啊……空空如也呢！」

彷佛洞悉了我的情緒，她突然反復唸叨起莫名其妙的話語，轉而再一次自顧自笑出聲來。輕風吹過，樹葉的沙沙聲和她的笑聲混在了一起，生出一種時遠時近、不可捉摸的迷離感。

我繼續默然地望著她，她也只是笑瞇瞇地看著我，我們倆誰都沒有說話，就這麼沉默對視著。

她微笑著指了指自己身邊的樹幹。

「你想上來嗎？」

我點頭，她也以點頭作出了回應。

「那歡迎你哦！」

開心拍了幾下手掌，將身子伏在那最接近地面的枝杈上，長髮從肩頭滑落的同時，她熱情地向我伸出了手。

無視內心些許的猶豫，我握住了她的手，鞋底踩在那粗糙的樹幹上，奇怪的踏實感支撐著我的身子向上升去，而與之相對的，那片死魚般的灰白正在逐漸從視野中被剔除。

然後，一股突如其來的力量施加在了我的肩膀上，將我重新拖拽回了地面，於此同時，那片灰白也趁機再一次佔據了進我的視野。

「你到底鬧夠了沒？」

班主任三角形的眼睛直勾勾盯著我，圓規尖般的視線生硬地刺在我的身上。

「帶貓來教室！大張旗鼓地蹺課！現在又要來爬樹！你到底鬧夠了沒有！」

他的喉嚨像被擠破了一樣，憤怒以聲浪的形態從其中肆意噴湧而出。樹梢處的那只貓也被這陣聲浪所驚動，它懶散地扭過臉來，瞇起眼睛注視著我——以一種略帶悲憫卻又滿是不屑的目光。

枝頭的樹葉被風吹動，綠蔭下彌散開毫無意義的沙沙聲。

（三）樹

我坐在空空如也的教師休息室裡，屋外，班主任和母親正在交談，前者因爲離門口很近，使他的聲音得以斷斷續續地滲進屋來。

——和姐姐感情好，可以理解……壓力估計太大了，回去後好好休息休息……明年也要高考了，千萬不能鬆懈……要抓緊……今年是最關鍵的一年……數學比較差……沒關係……不用不用……你太客氣了……受之有愧…………那孩子可惜了……請節哀……只是個意外……誰都不想的……那孩子一直都很優秀……一直很乖……可惜了……

我想避開那些破碎冗雜的話語，於是起身走到了窗前。

出於安全考慮，窗戶只能推開一道窄窄的縫，透過那道縫隙，我艱難調整著視線的角度，終於勉強看到那棵樹的些許枝葉。

——她究竟怎麼會從樹上摔下來的？

模糊不清的交談聲中，母親的這句詢問卻顯得莫名的清晰。

——同學說她是爲了去救樹上的貓。

班主任雖然有意壓低了音量，但我還是清楚聽到了他給的答案。

不對！才不是！

我在內心大聲的反駁道，視野角落裡，那簇枝葉在風中晃動著。

我或許的確不知道姐姐她爬上樹的原因究竟是什麼，但我至少能肯定她爬上樹的原因不是什麼。

——老師們都很喜歡她，可惜了……

班主任的歎息在此透入屋內，我卻忍不住笑出了聲來。因爲我和她都清楚地明白，他們眞正喜歡的不過是她的優秀和乖巧。

而不是她。

黃昏的時候，他們終於結束了這場冗長而無意義的交談。待我向班主任道完歉，母親向他道了別，之後便領著我離開了學校。在停車場等待母親啟動汽車的間隙，我藉口把作業落在教室了，重又悄悄跑回到了學校。

我選擇去見那棵樹，它繼續在孤獨而驕傲地生長著，樹葉茂密而美麗，不聲不響，世界與它無關。

而她也仍舊和那只黑白色的貓咪一起，安安靜靜地待在樹上。

「晚安！」

她一如之前那樣朝著我微笑著點了點頭。

「你還上來嗎？」

她伸手指了指我，又指了指和貓咪之間留著的那個空位。

我沒有回答，只是沉默地望著她。

沒有催促，也沒有驅趕，她用靜默的笑回應著我的沉默。夕陽的斜照落在她的身上，讓她整個人看起來都暖洋洋的，至於蹚縮在其身旁的那只胖乎乎的貓咪，看起來更像是一枚被蜂蜜包裹著的蜜餞。

此刻已是放學時分，背著書包的人流開始朝校門口湧去。他們的身上穿著一致的校服，他們的臉上有著一致的疲倦，他們邁著一致的步伐朝著一致的方向移動著。當從我身邊經過時，他們的臉會小幅度地朝我偏過來，但很快又轉了回去，以回歸正軌的姿態朝著既定方向有序地移動著。

「爲什麼一定要和別人一樣呢？」

她偏了偏腦袋，用一種近乎夢囈般的聲音發出斷續的低語，那倒映晚霞的雙眸間也因此閃耀出淺淺的微光。

「我要做一只貓，一只樹上的貓……哪怕依舊要被迫待在這墻裡，但至少在樹上的時候，我可以看到墻外，看到那一塌糊塗的亂七八糟，既不用再去背誦那些公式和辭彙，也不用再去理睬那些套路和修辭，我可以安安靜靜地待在樹上，就這麼安安靜靜地待著，誰都不會來打擾，我也不去打擾任何人，睏了就睡覺，醒著就發呆，實在無聊的時候我就數數葉子，就這麼靜靜地看著那些葉子從綠變黃……看著它們落了再長，長了又落……」

我本以爲她會用充滿期待的語氣，來闡述自己那美麗如童話的理想。但她的語氣卻是那麼的平淡，平淡到讓我有些失望。

「然後呢？」

或許是沒料想到我竟然會主動追問，毫無準備的她罕見地露出訝異的表情。

「然後？」

收斂住情緒的她陷入了沉思，眼中那星星點點的微光也在逐漸變淡，最終開始一點點地消散。在殘存的微光徹底消失前的一刻，她閉上了眼。

「然後我老了……最後我死了……」

露出苦笑的她顯然察覺到了童話中一如既往的空空如也，她的音調愈發平淡，平淡到開始變得枯燥。

「所以……你還上來嗎？」

她用歎息般的語氣再次詢問了，但相較之前，這一次，我並沒有從她的詢問中察覺出邀請的意味。

於是，我搖了搖頭。

「不用了。」

我輕聲回應道，雖然很想露出微笑，但僵硬的面部始終無法做出想要的表情。

「都一樣。」

說罷，我轉身，讓自己融入了那放學的人流，並盡可能地去適應他們的步伐和儀態，初開始的確有些不適應，但很快，這份不適應就開始變得理所當然。

終於，我成爲了他們。

當我走到校門口時，內心僅存的小小的悸動讓我還是忍不住選擇了回頭。

然而那棵樹上已經重新變得空空如也——沒有貓，也沒有她。

夕陽半落，空空如也的樹被入暮的暗色所籠罩。我並沒有感到悲傷，也完全不覺得失落。比起不在乎，內心只是多了一絲極其細微的說不清而道不明的情緒，稱不上是所謂的在意——那只是種輕微的、細碎的、淺薄的情緒。

我猛地想起了明天有數學測試，複雜的公式和方程讓人感到困擾。之前那輕微的、細碎的、淺薄的情緒旋即消失了，消失得無影無蹤且毫無痕跡。等到明天，依舊空空如也的我將繼續背負著結實沉重的書包，和千千萬萬個「我」一起，獨自走在這不再有貓的校園。

我終將習慣這裡的空空如也。

然後，逐漸成爲它的一部分。

【完】

無愛之地

李　韋達

她赤裸身軀站在我身旁，我坐在木椅上，兩人點著菸相視。房內混斥著玫瑰的香料味，與超商盒菸的薰臭味，不和諧地纏繞成一股煙團，緩緩地逸散至房內的每個角落。

菸燒至尾部，指尖傳來灼人的熱。殘餘的菸頭被我壓入菸灰缸，她亦嫻熟地把菸灰抖落，輕輕地捻熄手中的菸。赤裸的身軀於煙幕以後隱現，其妖豔的女性姿態，毫無高中生的稚氣。她一把拉住我的手說：「我們去洗澡吧。」

我早早洗畢便著衣躺在床上，任她在浴室裡搓洗自己的身軀；她的衣物被我整齊地疊在床頭，我把身軀往牆邊移，讓自己塞在角落，盡可能遠離其衣物，好避免殘存在其衣物上的香水味刺入鼻腔。天花板白得如我的心思，看著看著，我竟無由地悲從中來，方才肉體短暫的歡愉早已退潮，取而代之的是浪花洶湧地拍擊我的心口，在心底幽幽地響著無盡的浪聲……不遠處浴室落下的水滴，隔著門恍若極遠處的落雨聲，令人嘔心的孤獨在胸臆間蔓生。

她走出浴室後獨自坐在木椅上擦拭髮膚、吹乾髮絲，近處傳來轟鳴的聲響，震得我更加心慌。我在心底暗自祈禱她打緊吹乾頭髮，好終結那惱人的聲音——但她的長髮足足讓這般酷刑維持了近十分鐘。

我待她穿完衣服，和她一同走出賃居處，隨便找了間麵館吃過晚餐，便帶她走到公車站。等到公車到站時，看著她走上公車、掉頭，對我揮手說著再見，我盯著公車關上車門、催下油門，她的側臉逐漸消失在眼前，而後公車隱沒在視線之中，心中踏實地懷著履行義務的感受，暗自下定決心：不讓自己再次落得這般處境。

回到賃居處，劣質的盒菸菸草焚燒後刺鼻的臭味、玫瑰菸草淡淡的花香、她身上香水的殘餘、出浴時肥皂的香氣，在推開門扉時混成一種令人嘔心的氣味刺進鼻中，彷若所有煙霧與水氣全數凝結在斗室中，構成一種幽魂遲遲不願離去。

我推開幽魂的影子，蹣跚地跌在床板上，眼看著蒼白的天花板，彷若空洞的心裡響起無盡的回聲，回聲依稀可辨，似乎是訕笑，也似乎是質疑，幽幽地，它說著：「看看你都變成了什麼樣子。」

我的一生中最弔詭莫過於有一日，竟透過小小視窗上的幾張照片、音樂、歌手，還有簡短的自我介紹，窺視、猜測一個人外與內的樣貌。左與右滑供給一種選擇的幻象，在幻象的根源處預示著：我們彼此窺視、猜測，透過單薄的想像選擇彼此——倘若你願意清醒一點，你大抵還會想起：這些人可是穿越了資本的演算法才終於來到你面前。

當然，當我忘情地窺視著他人的片段，我並不會想起這些；反之，我很配合地——你可以說，這是在眾多商品之中標示自己的特色，又或者，如同產品後頭真假莫辨的品牌故事；我自豪地以為捕捉了某種心態，在自我介紹裡鋪陳長如散文的敘事，彷彿我說得一口好故事，螢幕的對頭便會忘懷產品的質素不明所以地買單。

總會顧者上鉤的。她，我姑且叫她晴晴，畢竟我也只曉得她自稱晴晴——她是否曾有告訴過我本名？似乎有，又或者沒有，但這並不影響我將要說的一切——當她的照片往右傾滑，螢幕上跳出配對成功的瞬間，我正打算履行交友軟體上「男性的義務」主動和她打聲招呼，她的訊息便早於我處心積慮的構思，一句「我喜歡你」直截了當地傳了過來。

我感到尷尬，只回了一句：「呃……？」晴晴便如同解釋誤會似地回了：「啊不是啦。」唉呀看來是傳錯了。我心想，訊息便又傳了過來：「我喜歡你的文字！」她這樣說。啊是嗎，我心想，心底一種詭異的踏實感終於驅走了尷尬，使我有餘裕構思該說些什麼。

但我的構思是白費的，她竟毫無隔閡且不間斷地開著話題：「不過你的文字讀起來好憂傷哦。」「我剛分手。」「是嗎我也是耶。」「那你爲什麼分手呀？」「我不太想說。」「哦好吧，拍拍你。」……一連串的話題使我應接不暇，但在訊息的語句裡我揣測，還參詳了她的自我介紹、年齡與照片，我彷彿可以想像：一位活潑的女高中生，披著一頭秀麗的黑髮，混雜著靦腆與熱情地笑著，不斷地想從我身上探詢更多她好奇的事物。

女高中生熱烈的好奇——它充分滿足我的虛榮，即使我說到底不過二十三歲，但根植於男性心底的某種隨年齡增長的焦慮被平抑了。和她說話似乎滿足了我們彼此，這般滿足體現在我身上，於是成了醉酒後的口無遮攔，加之螢幕的距離，尷尬離我遠去，我愈發樂意談論自己，也愈發願意回答他的問題。

窺探本身在我們之間形成了迷媚的泡影，藝術家般地，我們在意識裡按照自己擷取的資料，在空白的腦袋裡悄悄勾勒出雛形，遂按照這種隱而欲現的形象，於認知之中緩緩地刻鏤出彼端的形象，那種形象當然亦有令人厭惡的時候，但從她熱烈如渴求般的詢問之中，我深刻意識到此刻的我已在她的認知裡刻成了如何模樣，而我亦有意識地，曲折地使她的刻刀按我的文字在形象上游動。

她又把話題提回了失戀，我輕描淡寫地帶過，補了一句：「坦白說……」「因為這件事情我又跑回去身心科拿藥了，我只能簡單的告訴妳，再讓我繼續講下去的話，我會很難受。」她便回了：「抱抱你，你很難受吧？」我意識到螢幕對頭所展現的熱切，便又繼續說道：「每天晚上，我睡不好覺；坦白說，我三不五時就哭出來，現在還是很痛苦。」

「而我決定要用交友軟體也和失戀脫離不了關係，你知道的，要想辦法轉移注意力。」當我斷斷續續地說著這些，她沒有打斷——我能想像，在螢幕對頭的她，應當很專注地在看我在說些什麼，但她的回應出乎我意料：「不然我周末去陪陪你吧？」我感到詫異，準確地來說，這甚至勾起了我一點疑心：我們對話不過一天多，怎麼她便主動要來見我了？更何況我住在淡水，從哪來都是很遠的。

我想了想——週末，我正好因兼差得固定上台北一趟。那麼，我和她約在人多的地方，看看情況如何，再帶她到淡水。

「但我要先跟你說，我家沒有狗也沒有貓，真的要說，只有我能後空翻給你看，但你記得要幫我叫個救護車，我家離馬偕很近。」我調笑地傳了封訊息同意她，說實在，我沒什麼特別的想法，只希望我的同意別讓她誤會什麼；但她似乎沒想那麼多，只簡略了回了一句：

「哈哈好。」

我站在電扶梯緩緩向上，心跳也愈發急促——網友嘛，倒也不是沒見過；然而聊沒多久便見面的，還倒是頭一次，焦慮、期待、幽微的疑慮混在一塊，像氣球，腦際每聽見一次沉重的心跳聲，便被打進了一些氣，複雜的情緒緩緩膨脹，緊迫地壓在心上，彷彿快要喘不過氣似的。我堪受著心底難耐的壓迫感，緩緩走到微風廣場二樓的星巴克裡。站在門口定睛巡視著，並且踏著沉重的腳步緩緩往那身穿黑色洋裝的少女走去。我輕輕拉開椅子，不帶聲響地坐了上去，殘存著空氣的坐墊卻仍舊因著體重發出了輕微的「噗」的聲音，這使我尷尬——但更尷尬的是，我不曉得該如何開口：「哈囉你是晴晴嗎？」我想，不是的話怎麼辦？雖然，她和照片相似，也穿著她訊息提到的黑色洋裝，可我始終無法鼓起勇氣開口，哪怕認錯的機率不過只有百分之一，我都為了那百分之一心驚膽戰。

只因她淡雅的面貌使我心驚。我驚訝地感受到眼前的少女不同於少女的成熟氣質，她的眼神帶著細緻的陰鬱，淡褐色的瞳孔如同深淵一般吸緊我的目光。我震懾得無法開口，彷彿只要一開口便打破了這樣的平衡，我便不能再安靜地看著這雙令人著迷的雙眸。

「你要看到什麼時候呀？你是阿瀚吧？」她說，同時笑了，和她略帶淘氣的口吻不同，她慵懶地拖著腮，彷彿勾引似地直直看著我，臉上的笑容顯盡了嫵媚，她擁有和她年齡不般配的豔麗。「是。」我簡短地回答，試著以短促的口氣避免聲音發抖——我想她是晴晴，同時我不禁往外頭望，某種不安地焦慮在刺激我：眼前的要嘛是夢，要嘛就是什麼鬼騙局。我禁不住這樣想。

但她顯然沒察覺我的焦慮，只笑著提議：「那我就跟你去淡水吧。」我答應，便同她穿過台北車站的地下室，往淡水線上去。

週末的列車塞滿了遊人，時間近晚，卻人滿爲患。我和她被塞在角落，漆黑的隧道隱隱照出她的側臉，隧道內幽微的白光穿梭在她臉上，使她白皙的側臉在倒影中更顯得蒼白淒涼，那是使人想把手輕輕貼在她臉上撫摸的淒涼，眼前實際的人與門上窄小玻璃窗的倒影，我竟感覺到那虛幻不可觸的倒影，深深地吸引了我的憐惜。

當列車穿過民權西路，在離開隧道的一剎，那美妙的幻影便隨著窗外光芒的撒落消逝在窗上，窄小的窗外所能見的只是行路上紛擾的人們，以及沿途不算漂亮的建築風景。

她撇著頭望窗外看，偶爾撇過頭來看我，當她視線觸及到我臉上時，彷彿在打量似的——她笑著問我在想些什麼？我歪頭看著她，「沒有。」我說，她又笑了——視線便往外飄，飄得很遠似的，不曉得在看些什麼。我們維持這樣反覆的，不曉得該稱呼爲尷尬還是平淡的旅途。

車過北投後，沿途的車站便是古色的小磚瓦砌成似的車站；愈發往上行，愈接近淡水，軌道兩旁的建築便愈平矮，直到軌道兩旁籠罩著蓊鬱的綠意，那時你便曉得車大約過了竹圍，已到了紅樹林了。你便能看見車道沿著綠意與大河前行，傍晚的夕陽緩緩在河對岸落下，橘紅似火燃遍天際，緩緩隱沒在觀音倒臥的彼端了。斜陽自彼端照入車廂時，已是淡淡的金光挾著似有還無的橘。當陽光落在她臉上，她略施粉黛的臉便又擺脫了蒼白，在似鵝黃的輕陽下，返照淡雅溫柔的金光，我被眼前的少女給震住了，她轉了過來看我，淡淡的笑了，彷彿在說：我知道你一直在看我。

列車漸漸放慢，停在了淡水站內。我們順著仍舊龐雜的人潮，和上車的群潮錯肩而過。在站外，我們一同抽了根菸，便坐上公車，沿著淡水陡峭的路緩緩上山，究竟是週末車潮之故，還是我坐在她身旁呢？我感覺到平時不出十幾分鐘的車程彷如有半小時之久，心底暗暗沉浸在顚簸的喜悅。

她跟隨在我背後，穿過狹小的街巷後爬上階梯，進到賃居處。淡水與台北來回的舟車勞頓使我到家便趴倒在床，「你隨便坐。」我懶懶地說，她便坐在我的電腦桌前，靜靜地看著左側已經疊到溢出的書櫃。

不出多久，她便走到我床邊，蹲下身來與我平視：「你就這樣趴著嗎？」我苦笑著：「很累嘛，淡水跟台北來回耶，我想休息。」她瞇起眼看著我，雙脣似乎微微地嘟起：「我也從台北跟著你過來了嘛。」

「不過你不是說就來陪陪我嗎？這樣就算陪啦。」我笑著回答，很顯然她不甚滿意，又坐回桌前，往書櫃那頭看去，問也沒問地便翻箱倒櫃似地，把堆在書櫃外圍的書卸了下來，好看看深處埋著的都是些什麼書。

「你在看什麼？」我翻過身來平躺，在床上翹起腳來，往她那邊望去；她說：「我只是想看看你有什麼書而已。」我說：「好，你慢慢看。」便又繼續躺著。

她獨自在房間裡晃了一陣，又看了看堆在小方桌上頭的雜亂的書，閒不下來似地到處晃著，我便瞧著她在書群的四周晃了晃，又回過頭來蹲在床邊。

「我還是很好奇你為什麼分手？」她以殷切的眼神看著我問，我忍不住笑了：「我不想說。」便翻身面對牆——我不曉得她爲何四處走著看著，也不曉得現在是什麼狀況；一個剛認識沒多久的少女，在我的房間裡，如今我也確信了：她來到這裡，沒什麼值得我疑慮；然而她如今在這又意味著什麼——我想起關於交友軟體約砲那檔事，但我並沒有這種念頭，我只是想：有個人在我的房間裡陪我，甚至跟我聊聊天那也好，可我卻陷入了尷尬之中，理不清這詭譎的局面究竟意味什麼？

她終究是坐到我床邊了，我把腳往牆壁縮，以免踢著她，她見我收起腳來便又往更裡面坐了些；她坐在那的神情，似乎蘊含著一種殷切而急迫的渴望，又隱隱露出了一些不滿。她開口問：「我說啊，」她說的同時又把身子挪得更靠近我了些，「你把我帶來就只是把我丟在旁邊嗎？」我從她的行爲與口吻中隱隱看見了什麼，但我不敢確認，只盡可能鎮定地說：「我很累……」而我正想接著說聲抱歉時，她搶先我說：「你不吻吻我嗎？」我一時不解，只見她靜靜地坐在那看著我，等待自己投入的石頭泛起連綿的水漪。

疑惑籠住心頭，我坐起身來，緩緩地向她靠近，心底竟荒謬地如初吻時緊張。直到雙脣疊在一塊，舌尖試探地向前，轉而侵略性地交纏在一塊，心底滲出了一股自失戀以來久違的蜜意，同時心底尚存理智的部分似乎在詰問著我：「你在做些什麼？」我聽見了聲音，便緩而不捨的離開了她的唇瓣。

心裡彷彿被繩子捆住，往兩邊拉扯，理智此刻姑且是上風了，它明白地告訴我：「你在做些什麼？你看看你在做些什麼？你在吻一個你並沒有愛的人？」在理智另一端的情慾便忿恨不平地說：「你在說些什麼！不過就只是吻而已，那算得了什麼！」

我對自己說：「對，我不該吻一個我沒有愛的人。」但這句話說得不甚肯定，畢竟我的意志已短暫地服從了情慾，而後再對自己說這種話，如同犯錯的孩子為自己辯解似的：我不應該，但我做了，我也沒輒。

但晴晴卻不滿於如此，她眼裡露出一股熱烈的渴望，輕輕地說：「不繼續下去嗎？」而我竟像傻了一樣呆呆地問了句：「繼續下去什麼？」我當然明白她在說什麼，可我竟像傻子脫口而出……不行。可以。不行。可以。兩個念頭在我的腦子裡糾結，心被綁縛得更緊了——你不能這樣，你沒有愛。但另一方又說：愛算什麼？性跟愛本來就可以分開不是嗎？我無法理解誰說的才是對的，而它們怎又會有如此論斷，更無法理解自己苟同了：性跟愛是可以分開的。

「好啊。」我又接著說，心忽然便鬆綁了。窒息的感受消失了，取代的是一種難以說明的暢快，我甘心地順從了心底的情慾，相信自己總也可以把一切當作一場遊戲，或彼此身體的對價交換。

但當我在她身上時，我卻逐漸地感到失望——我來回地運動自己的腰部，在她的裡頭如久旱甘霖般，一瞬間滿足了積蓄已久的慾望；可肉體的歡愉卻只短暫地佔領了我的意識，過不了多久我便對自己感到噁心。當她攀到我身上，自己挪動著身軀時，竟有一瞬，我看見自己闊別的情人正在我身上，如過往一般憑自個兒尋求歡愉，當她們的影子疊在一塊，幾乎使我認不出眼前的少女時，我恨不得用力把她推下，但我卻沉浸在慾望裡頭無法自拔。

我愈發感受肉體的歡愉引起我心理的嘔吐，她輕喘著氣，閉上眼沉浸在快樂的波浪裡頭，那神情使我感到厭惡；而自我下半身傳來的溫暖的包覆卻使我心寒，理智和慾望不再拔河，但理智站在一旁看著我，它在提醒我：你正在使自己墮落，你在她身上看見了離開的情人，你在褻瀆你自己的愛。

一直到她終於享受完自己的部分，看著仍然堅持的我，她潮紅的臉龐竄出艷麗的笑容：「你還沒有射出來啊。」我嘗試抑住因著分裂而幾近崩潰的自我，勉強笑了說：「可能太累了，身體狀況不好。」在我說完以後我才意識到自己嘴上的笑容肯定是苦澀而不眞誠的。

她似乎沒意識到什麼，只是從我身上下來，默默地拔掉保險套，彷彿仍舊堅持著的我傷及她女性的自尊，不服輸地用手套弄著；因套弄泛起如潮的快感，始終無法蓋過理智的狂瀾，在那些快感底下我看見：空洞似的心，以及無盡的虛無；理智高高地站在我眼前，我不斷向其跨步，嘗試從階梯趕上它，但它卻越來越遠，彷彿看著我不斷往下墜；我看見：一個老舊的、生出鏽斑的靈魂，上面布滿青苔，它就待在無盡空無的深淵裡，在毫無光亮之處生鏽、凋零，最終腐敗。

她接著手口並用，刺激比方才更大了些。而在那些刺激中我又看見了曾出現在夢裡，記憶之中，淡而微弱的溫暖光芒；和過去的情人的生活、激情、承諾一一又浮上了腦際，我懷著幾近褻瀆的恐懼觸碰了那些回憶，在我近乎快要因過去的溫暖與快樂流下眼淚時，強烈的刺激又把我從回憶裡拖了出來。

在我眼前的只是一個努力想把我弄出來的少女，方才在捷運上的倒影中看見的清秀的模樣全然消逝了，忽然便使我覺得她竟如此的面目可憎，但眞正可憎的是堪受不了誘惑，淪爲激情奴隸的我。

過了好一陣子，她似乎倦怠了，便放棄手中的工作躺到我身旁，她輕輕靠近吻了我，我沒有拒絕，但起初親吻掀起的波瀾已不再，只剩心底空蕩蕩的迴響。複雜的憎恨佔據了我的心靈，而我不能辨認：我究竟是恨她，還是恨我自己。

她伸手撫摸我的臉，在她的手觸碰的當下，我握住她的手腕制止，卻摸到一條一條浮出的痕跡，我輕輕把她的手腕內側翻到面前，看見暗紅色的粉色的泛白的疤痕，心底湧起一股不捨，便輕輕地把手腕拉到面前吻了幾下：「不要傷害自己。」她苦笑著，沒有回應。

梳洗過後，我和她並肩走在街上，隨意在一個麵店解決晚餐。

我和她面對坐著，湯麵的熱氣隔絕了我們。她的動作很輕柔，一種少女才有的矜持，把湯匙放到嘴前，盡可能不啜出聲音，連麵條都慢條斯理地放到湯匙上，很怕燙到嘴巴似地緩緩吹氣，而後把湯匙上少少的麵條放到嘴裡；我觀察她的舉措，此刻的她只是個普通至極的少女（假如我願意忘掉方才不快的記憶以及她手上的疤），可她乾脆了當地跑來淡水，早有預謀似地探詢我，仍舊形成一團迷霧在我們之中，我看不見對頭的她想些什麼。

「我可以問你嗎？」麵吃了一半，我終於還是壓抑不住在喉頭和麵條對撞的困惑，把它吐了出來。她抬起頭笑著，神情居然露出了一絲絲溫婉的幸福：「怎麼了？」其實我忽然便後悔自己唐突的提問，可都問了，我感覺不好作罷，便接著說：「你爲什麼會想來找我？」只一瞬間，我詫異地感到自己抽離開現實，眼前突然暗了下來，回憶如同投影一樣，過往情人的模樣浮現在眼前，她帶有殷切地，卻又恐懼地看著我：「你爲什麼會想來找我？」神情似乎在擔憂：假如他的回答和我想的不一樣，那我該怎麼辦？在那一剎那我似乎又看見了她，但不在對面的少女身上，而在我自己身上。

對面的少女於是放下筷子與湯匙，緩緩地說了起來：「上禮拜，我在交友軟體上認識一個人，我們聊了一陣子。有一天我睡不著覺，時間拖到早上五點了，那個時候他也醒著，」我看著她的面容漸漸黯淡，一股隱而不現的悲戚自她的嘴角泛了開來，「他說不然我們一起吃個早餐吧，我說好。我們就一起吃了早餐，吃完早餐以後，我坐到他的後座，其實我很清楚再來會去哪裡；我被帶到他家，然後就跟他做了。」

我問她：「你既然都知道了，那爲什麼還要去？」她搖搖頭，嘴角勉強露出一點笑意：「因爲寂寞吧。」

我沒有追問，心裡大概踏實了，卻也感到自身處於一種可有可無之境而生的憤恨。但我眞的因此而憤恨嗎？似乎也沒有，我從來沒有任何非分之想，那這種感覺究竟從何而來呢？大概是以爲自己有什麼特別，才有了方才那些事——我不想再想下去。

我低頭吃完麵，等她把麵吃完，便趁著時間尚早送她到車站。我下定決心：既然如此，那就不要再見面了——但我卻在她上車前對她說：「到家傳訊息報個平安。」

而她也當眞一到家便傳了訊息過來……我不斷告訴自己：就這一次而已、就這一次而已，反正之後也不會再見到面了。但她的訊息卻十足把我嚇著了：「你跟軟體上其他男生不一樣。」我百思不得其解，但還不容我回應，她補上一句：「我想我暈船了。」

我被嚇得在床上直起身子，訊息上還是維持著鎭定，我說：「那你要暈船藥嗎？」我不曉得她的感受，只收到一句：「你怎麼這樣說話呢？」這句話是不是讓她不快了呢？可我還能怎麼辦？我只能無賴地回訊：「不然我不知道怎麼辦。」

本以平息的慾望意外地被勾起，可我心裡只有無盡的空虛。回憶意外疊上了晴晴，那些本來清澈的回憶片段地籠上外來的影子，玷汙的愧疚佔據了我的心頭。我感受到那些慾望底下只有無盡的深淵，情慾告訴我的：性與愛可以被割離，在我身上並不管用。我憎恨自己微薄的理智，厭倦自己簡單便陷進慾望的膚淺，憎恨讓胸口被虛無佔據，彷彿開了一個大洞的自己。

我厭惡自己，卻又意外地驚覺自己無法忍受獨處的苦悶；殘存在房間裡淡淡的煙草燻臭味彷彿時刻提醒著我：你只剩下自己。我不可避免地想起手臂上，踏實地環繞過他者的脖子，懷間曾有人停留的溫存；我甚至憎惡而留戀地想起了在她身上的香水味，以及她壓在我身上求歡的模樣。

我在理智上審視自己的所作所爲，但實際上卻完全相反地打開手機，傳了訊息給晴晴：「妳下周還來嗎？」我可鄙地意識到自己作爲底下意欲濫用對方情感的念頭，可我沒有辦法，我只能告訴自己：我也很寂寞。

當我濫用權柄，迎而代之的是無盡的痛苦。我不討厭晴晴，可我愈發討厭自己。第三次送走她以後，我暗自下定決心，往後絕不再見她。當然，若要做網友，那自然還是可以的。

可我對她有求的態度，反而給了她一絲希望，在她殷切的詢問中我看見她焦灼而企盼地想再見到我。可我下定決心，不再濫用她的感情。

我愈發清楚地意識到，當她在我之上或之下時，她的影子與我過去的情人疊在一塊，彷彿在我眼前的並不是她，而是那些只能在夢裡遇見的人。她於焉成了我情感的替代品，我卻無法忍受自己的行爲。我越來越常在鏡子裡看著自己，眼前站了個披著「我」的皮的傢伙，他的內在早已腐敗。

我假借自己找了新工作，時間被塡滿，無法見她。

但她仍舊定時詢問：「這周周末能不能去找你？」我狠下心和情慾搏鬥，以僅存的理智克服孤寂及祟動的慾望。

她手上的傷疤卻時常浮現在我眼前，那往往浮現在「我又住進精神病院了」的訊息以後。我感覺自己像是個可怕的獨裁者，恣意地玩弄她的情感，情緒也一同成了玩物。我曉得：只要我願意說自己有空，或許她的心情會好一些，她會露出在麵店裡那樣淡淡幸福的笑容。可於我而言，我只能看見倒映在玻璃上的幻象逐漸消逝，變成面目可憎的影子。

漸漸地，我甚至不已讀她的訊息。

通訊軟體左上角掛滿了數字，我曉得：她焦渴孤獨的心不斷地再尋求解脫；而我所擁有的只是與年齡不般配的懦弱，及毫無擔當的恐懼。直到某段時日起，她忽然不再傳訊息給我，因著通訊軟體的隱藏功能，我竟踏實地淡忘了她，專注投入日常生活。

直至某日收到訊息，我才意識到此人曾經存在——手機通知欄跳出：我現在在醫院裡。我立刻訊息她：「妳怎麼了？最近又嚴重到回診了嗎？」她卻說：「我跳樓了。」我急得接近發瘋，恨不得立刻到她面前，但我不行。我嘗試按捺住情緒：「爲什麼？」訊息那邊只是淡淡地回答：「因爲受不了，不想活了。」我想起她的失戀、想起她的手、想起她未被經過被載至男人家時的淡漠、想起她嚴重得需要住院的身心問題……我在幹嘛？我到底在幹嘛？但她的回答卻像是：你在問什麼蠢問題呢？

我想到自己的淡漠，想到自己不讀不回的惡劣——「我下周三不用上班，妳住院到什麼時候？」我焦急的問，她只回：「沒事，周日出院。」絕望瞬間侵襲我的心理，我對於自己無法探視感到痛苦，多情地以爲一切都是自己造成，卻沒有辦法彌補。我想了一想，和她說：「不然，那妳週三來我這裡好嗎？」她說：「沒關係，你休息吧。」隔著訊息都能感受到她的淡漠，我只好改口：「那我去找妳，好嗎？」她說：「我家有人。」如同露出淡微光芒的門縫被輕輕地掩上，我心懷愧疚地在腦子裡不斷編織說詞，但隔不久，她傳了訊息給我：「我會好好活下去的，你也要好好吃藥，好好活著。」

此後，我再也沒有收到她的訊息。

往後一年，我並未再收到任何晴晴的訊息；雖然，和她相處的記憶消失得竟如此迅速，像我們曾在彼此身上體驗的驟雨，暫且緩和了心底的焦渴；但那些記憶早已蒸散在漫長的時間裡頭，看不見哪裡曾落過雨了。

沉積在心底的愧疚反而使我不再吃藥，那些零碎的藥物除了激起厭惡以外，絲毫沒能緩解我任何苦悶。安眠藥也不必了，每個夜裡在孤寂中凌遲自我，竟使我心底自作多情地泛起了受難的喜悅，我背上自己的十字架，在一片漆黑的夜裡荒謬而幸福地獨行。

我究竟會走到哪裡去呢？我並不曉得。

晴晴的面容逐漸在我心底褪去，可惜的是，我並不會刻意追回她的模樣。孩子長大以後還會急著追回飛遠的氣球嗎？我任憑時間洗刷她在我記憶裡留下的模樣與氣味，倘若我記不起她的模樣，我便能使自己更安心一些。

可孤寂是鬼，他總能趁我不備時，溜到枕邊細微地耳語，把那些已經籠上一層淡薄的霧的記憶悄悄喚醒；我已無法確認自己看見的面容是否能切合晴晴的模樣，但她終究還是出現了，陰魂不散如她每次離去，敞開房門繚繞著的燻臭味。

孤寂使我愧疚，我於焉又想見她了；但愧疚拉住了我，於是我只能寂寞。我深切地厭惡濫用權柄的自己，卻又迷戀招之即來的威能；厭惡肉慾底下潛藏的空洞，卻又深陷於焦渴之中，我被一張巨大的網纏住，愈想脫身便愈發纏繞其中，但沒有什麼來吞食我，我只是懸掛其上，恆久地自我淩遲罷了。

回憶中的 Op.9 No.2

李　姿瑩

00.

因爲一首曲子，她做了場難以忘懷的夢。

01.

陸清蓮的奶奶在一個陰雨綿綿的夜晚去世了，享壽八十歲。

醫院外頭輕風微微的吹拂著，如豆般的雨滴自天上灑落，好似正爲此而弔唁。

「醫生，十分感謝您！」

「爸媽，我會負責收拾這裡，你們就先回去休息吧！」

在醫生宣告死亡時間後，陸清蓮十分迅速地整理各種奶奶生前用過的物品，過程中不忘對所有的醫療人員一一道謝，一旁的父母見狀不禁木然，她那張臉上不見絲毫的感傷，好似對於親人的離世不以爲然。

父親看向那依然忙碌著的女兒，「清蓮，妳也要趕緊回家做搬家的準備啊！」

「那些我早就用好了，我等等就會回家了。」

陸清蓮嘴上說著，手裡還捧著一疊用過的毛巾一個轉身就將茫然的父母推往病房外，很快的就將他們給打發走了。

門外的父母憂心的互看了下彼此，想必心裡所想的事是相同的，自己女兒如此從容的模樣，不免讓人擔心，在那外表之下是否在隱藏些什麼。

02.

將奶奶的遺體運回家中後，空蕩蕩的房裡只剩陸清蓮與一位照顧奶奶的看護。

「啊！這件是——」

兩人在整理奶奶的遺物時，發現在衣櫃下方的四方形盒子中存放著一件向日葵圖樣的和服。

「我想起來了，阿嬤是日本人啊！」陸清蓮想起了小時候奶奶曾給自己穿過，但對於小時候的身體那件和服整整大了一圈。

「這樣啊，怪不得老太太的說話方式跟你們不太一樣。」看護也是此刻才從陸清蓮口中得知奶奶是在年輕時來到台灣的日本人，且貌美如花，由於父親是布商，才會在當時布業興盛的大稻埕定居下來。

「聽說妳之後要搬家了？」

「對啊，爸媽離婚了，葬禮結束後我會跟媽媽一起。」

其實看護在聽見了方才陸清蓮與父親在醫院的對話後就一直留意著她，雖說是出於關心才問的，可同時又想著是否會讓她想起不好的回憶，殊不知對方的態度卻遠比預想的還平淡，不如說她非常樂觀看待。

看護對那依然綻放著笑容的女孩有些同情，她輕撫著陸清蓮的頭說道：「其實妳不用勉強自己笑的。」語畢，她抱著整理好的衣服走出了房。

可陸清蓮並未有任何想法，她沒有想哭的感覺，也感受不到傷痛，不如說光是眼前要處理的事情就讓她將那些感知拋諸腦外了吧？

「人死了就一定要哭嗎？」

陸清蓮走向存放著遺體的冰櫃，將外頭鑲上金邊的布掀了開來，玻璃罩裡頭躺著的是最疼愛她的奶奶，即使是看著也依舊無法讓她的心境產生變化。

疑惑的同時，視線角落出現了一個深褐色的物體，她朝著那東西看去，是個放在客廳角落的留聲機。

這台留聲機打從陸清蓮出生以來就一直被放在這角落的木桌上，活了十幾年間的她從未觸碰過。好奇心驅使之下，她從堆疊在桌下的箱子中翻出一張上面寫著”Op.9No.2-H”字樣的黑膠唱片，「呀……這好像化學式……」

她嫌棄的將唱片放了上去，出乎意料地，留聲機並未因老舊而無法播放，柔和的琴聲流瀉而出，塡滿了客廳各個角落，就連正播放給死者聽的經文也被完全覆蓋。

「總覺得有股熟悉感呢……」

陸清蓮倚著沙發，仰望著固定在天花板上順時鐘轉動的風扇，眼皮愈發沈重，不知是因爲包辦太多事宜導致累壞了，還是插在香爐上的香煙太過濃郁以致腦袋昏昏沉沉，亦或是被旋律所治癒，她昏睡了過去。

03.

「誒？奇怪？」

醒來時，陸清蓮發現自己正身在昏暗窄小的巷子裡，她疑惑地將頭探出張望，這一看可把她嚇得膽子差點沒了。

周遭的景物全變爲與她所身處的時代截然不同的樣貌，廣闊的大街上數輛三輪車與舊型巴士駛過，不遠處是個人來人往的港口，街道兩旁是以華麗的立體雕塑爲風格所設計的樓房，明明是如此精湛的建築，可這視覺的衝擊卻令她雞皮疙瘩掉滿地。

心裡的驚嚇還未撫平，陸清蓮隱約瞥見眼角旁跪坐著一個人，她將頭轉過，印入眼裡的那人正是不久前與世長辭的奶奶，她嚇的整個身體向後退了一大步，「阿嬤！！」

陸清蓮的驚呼使那人赫然回神，接著露出與她相仿的表情，「阿蓮！」佈滿皺紋的手指來回撫摸著滄桑的面容，而女孩則是用力地捏著自己雙頰，兩人不約而同說道：「你那欸底加？」

這陰陽交會的狀態讓倆人感到極為不可思議，可她們無從得知的是，有個更令他們吃驚的事等著她們。

「拍謝打擾兩位，妳們在草叢裡做什麼？」

霎時，一道低沈的嗓音自兩人耳畔響起。

巷口佇立著一位青年，利落的二八分油頭展露了清秀帥氣的臉龐，他那對深邃不見底的明眸裡有著一道光，猶如夜裡的月光般動人。

炎熱的天氣使他將西裝外套拿於手上，一身純白襯衫與格子西裝褲，使那完美的身型表露無疑。

陸清蓮雙眼直勾勾地盯著眼前的帥哥，那在現實世界難得一見的俊顏使她呆愣在那，而與此同時，奶奶卻激動地拉著她的制服袖口，「伊係阿公啊，阿蓮！」

聞言，陸清蓮對著眼前的男人投以詫異的目光，「……你是阿公？」

只見那人眼神略帶不滿，「啥？阿公？」「沒禮貌，我係陸清弦，今年剛滿二十歲而已！」

直至聽見那人說出自己的年齡以及名字後，陸清蓮似乎意識到了些什麼，陸清弦確實是她爺爺的名字，由茫然轉慌的她連忙發問：「請問這裡是哪？現在是幾年？」

「民國五十三年的大稻埕啊！」陸清弦一臉理所當然。

果然不詳的預感發生了，陸清蓮鐵青著臉，原來自己是和過世的奶奶莫名奇妙穿越到了爺爺年輕時期。

她努力回想所有使自己回到過去的可能性，可最後的記憶只停留在留聲機的旋律當中。

「話說，老太太妳應該係日本人吧？」

陸清弦淡笑，他從奶奶說話的口音中察覺她有些許日本人的腔調，雖說她在台灣生活大半輩子，可那純正的日人腔調不是說改就能完全改掉的。

「係啊。」

「哈哈，超趣味欸！」

陸清弦樂開懷，熠熠發亮的雙眼吐露出了他此時的心情，他緊握著奶奶的雙手扒著她問了好多好多他從未知道的事情，畢竟這是他第一次這麼近距離接觸外國人，要他怎麼能不興奮呢！

而他那興高采烈的模樣讓陸清蓮有些驚訝，原來她的爺爺是位極爲開朗的人。

在她印象中，陸清弦是位不苟言笑的男人，總是板著臉，他與奶奶的照片中也是如此，且似乎對奶奶不怎麼上心，冷漠的神情好似吐露著他根本不愛自己的妻子，因此除了家族重要之事外，她根本不會想靠近他。

「先到我家來吧，給你們換件衣服。」

聞言，嬤孫倆人低頭看著自己身上的髒衣服，紛紛羞紅了臉，而陸清弦則是笑的合不攏嘴，回去的路上笑而不止，沿途都沾染了他的喜悅。

04.

換上了輕快的連身洋裝，陸清蓮在房裡的鏡子面前轉了好幾圈，看來她非常滿意自己這一身粉紫色的裝扮。

與此同時她不禁納悶，爲什麼這時的爺爺家裡會有女生的衣服？

但疑問很快的就被她拋諸腦後。

過後，陸清弦帶著那兩人參觀自己家園，房屋內外其實與陸清蓮所處的年代大同小異，她小時候來過年時聽父母親說過，爺爺奶奶一直是住在這裡。

唯一不同的大概就只有那用來栽培蓮花的小池子，自爺爺死後就再也沒有關照過，直至現在早已乾枯多年了。

「我很喜歡蓮花喔！」

「剛好跟妳的名字一樣，純粹而美麗。」

陸清弦勾起嘴角，方才與奶奶聊天時談到她們倆的名字，得知陸清蓮的名字時，他可是欣喜欲狂，因爲他此生最愛的就是蓮花。

蓮花那潔身自愛的品格、剛直不阿的風采，以及香遠益清的雅美，正是使他深深著迷的原因。

嬤孫跟著他走進後院，一股清新淡雅的花香撲面而來，兩人順著香味望去，眼前是一株株出淤泥而不染的荷花，亭亭玉立，競相綻放，引來了戲水的蜻蜓，宛如畫中的世界般優美。

這景象惹的奶奶眼中泛著淚光，那封存已久的回憶驀然被喚起，猶記當年自己剛嫁進來時，陸清弦也會像這樣細心照顧著這些小生命，無時無刻，直至生命走到盡頭。

「很美對吧！」

陸清弦蹲下身望向那一小片的蓮花池，手指不輕不重地觸摸著離自己最近的那朵，笑意盈盈。

「嗯，眞的很美呢！」

奶奶悄悄地拭去淚水，隨後和藹一笑。

在一旁將一切看在眼裡的陸清蓮本擔心奶奶會因此而傷心欲絕，但看到那笑容後，總算是放下心來。

她望著歡笑中的倆人，心中覺得好不可思議，卻又有些心疼，縱使倆人的婚姻是雙方長輩間的約定，可她始終明白自己的奶奶是深愛著爺爺，那麼，這些年來是否都是獨自將這份愛意隱藏起來呢？

05.

奶奶過的是否幸福呢？

傍晚時分，嬤孫跟隨陸清弦來到大稻埕，他們於碼頭邊漫步，晚霞將三人的影子拉的細長，又將河水染得通紅，倏然刮起的風，讓波瀾不興的河面盪起了無數的漣漪，猶如條條紅絲綢似的輕輕流動著，悠悠地延伸至遠方。

另一邊的街道上有店鋪林立，各類用品應有盡有，布行與茶行占大多數，而座落於附近的永樂市場可以說是布行聚集之處。

「哎呀哎呀，這不是向日葵嗎！」

另外倆人望向奶奶所指的方向，原來是摻雜在眾多店家中的花鋪，在店門口擺著幾株向日葵，方才的微風使它們微微擺動著，好似正向每一個經過的人們打聲招呼。

而這對於喜愛向日葵的奶奶無疑是個巨大的吸引力，她像個找到知己的孩子般在店門口久駐不離。

「笑晴奶奶似乎很喜歡向日葵呢！」陸清弦含笑，接續說道：「而且她與向日葵很像，總是笑笑的。」

一旁的倆人望向綻放笑容的奶奶，好似被她的情緒所影響，皆不自覺地開心起來。

「對啊，阿嬤說向日葵是有魔法的花喔！」

猶記奶奶曾說過，只要看向它，所有的煩惱皆能煙消雲散，所有難題皆能迎刃而解。

在陸清弦過世後也是因爲有向日葵的陪伴才得以讓她度過痛苦的日子，那永遠向著陽光的樂觀模樣總是會在低潮時帶給她無限的力量。

「喔，那麼妳們家肯定有種向日葵對吧！」

陸清蓮頷首，雙眼都瞇成了月彎，喜悅之情溢於言表，而後她興奮問道：「那清弦先生是一個人住在那麼大的房子裡嗎？」

聞言，陸清弦的眼底閃過一絲絲暗沉，嘴角也隨之下垂，他望著遠方那一大片的橙紅色，眉頭深鎖，「……去年的夏天，妻子去世了，現在是我一個人住沒錯。」

見女孩那震驚的表情，他只是笑著要她別露出那種表情，可真正令陸清蓮詫異的是自己的爺爺在與奶奶結婚前竟然有過妻子。

陸清弦是在父母親的反對下與妻子——程歡私奔的，父母親對於程歡的家世背景抱持著輕蔑的態度，他也爲此與家族斷絕關係。縱使在程歡過世後家那頭多次勸說並要他回來接受家裡的安排，他毅然決然拒絕，他早已做好了要在這個家獨自度過餘生的覺悟了。

邊說的同時，陸清弦自胸前的口袋裡掏出一張照片，裡頭的人正是他和程歡。

「誒？那麼阿嬤——」話語未落，陸清蓮忽然被不知何時從店家歸來的奶奶止住，若無其事笑道：「你的妻子一定十分幸福呢！」

「先不談這個了，天色已晚，妳們家住在哪，我送妳們回去吧！」

就在陸清弦轉身之際，奶奶驀然緊握住他的手，「其實我們是來找親戚的，但身上沒有足夠的金錢，能否讓我們借住幾天跟他們做聯繫呢？」

「作爲交換我們會爲你打理好三餐的。」

陸清弦剛開始有些遲疑，可最後還是答應了。

在一旁目睹一切的陸清蓮眞的不得不佩服她奶奶的演技。

06.

「阿蓮很常替爸爸媽媽做飯對吧！」

做飯時，奶奶欣慰的說著，而陸清蓮沒有回話只是微微頷首。

「俺餒很好喔，妳遲早都要嫁人的，趁現在多練習一下。」

陸清蓮弱弱的嗯了一聲，此時的她雙眼有著不易察覺的黯淡，只有本人知曉。

『爸爸媽媽，飯都做好囉！快來吃吧！』

『清蓮，我們有更重要的事必須要告訴妳，爸爸和媽媽要分開了。』

不好的回憶鬼使神差地浮現於腦海，使她微愣著，最後是在奶奶的呼喚才回過神，而她也像是什麼都沒發生般露出一抹微笑，「我知道的阿嬤！」

「哇啊！你們倆的廚藝可眞好啊！」

良久，倆人終於將晚餐給準備好，陸清弦見眼前滿桌的佳餚，有如餓了很久的孩子般大口大口地吃著。

奶奶竊笑，「你覺得好吃就好了。」

就連在一旁的陸清蓮也跟著開心起來。

「今天眞是個好日子啊，好久沒有和別人一起吃飯了。」

三人相視而笑，如此歡樂的氣氛對陸清弦來說可是得來不易，畢竟自程歡去世後他一直是一個人，現在有了別人的陪伴，縱使是素昧平生的人也使他感到開心。

而這對於奶奶來說，亦然。

原時代裡，陸清弦早已去世多年，能在好幾十年後與深愛的丈夫再次相見，雖說自己是以老人的姿態見面，但僅僅是這樣，足矣。

「對了，給你們看一下的寶貝。」陸清弦興奮地放下碗筷，衝進客廳裡搬了個東西出來，那正是陸清蓮在原時代的客廳角落看到的留聲機。

陸清弦不只會探討西洋文學，還接觸了西洋物品，而這個留聲機最深得他心。

陸清蓮不禁感嘆，原來它的年代遠比自己所想還久遠。

「這個啊，是很特別的東西喔！」

聽陸清弦說這個留聲機有著特別的魔力，自裡頭流瀉而出的旋律似乎能讓人們憶起過往，至少他自己就曾多次夢過那段與妻子的快樂時光。

陸清弦將唱片至於上頭，隨後放下唱針，這個空間頓時被熟悉的旋律所填滿，陸清蓮赫然出聲，「是捷運！」怪不得自己在來到這個時代之前會覺得那麼熟悉，縱然這與她在捷運站聽到的有些許差異，但確實是這首曲子。

「什麼運？」

面對滿臉疑惑的陸清弦，她捂住嘴不敢多說什麼，總不能告訴他這段旋律被用在未來的交通工具上吧？

「這首是歡她親自彈奏的蕭邦的夜曲 Op.9No.2。」

一開始是出於對名稱的好奇才有所接觸，可實際聽過之後就徹底愛上了。

這首曲子很適合在深夜時享受，縱使中間有個段落較爲激昂，但這股難以遏制的激動似乎將寂靜的夜晚增添不少熱情，讓人領悟到夜晚並非波瀾不興，而最後歸於平靜，好似象徵著人們將安逸的進入夢鄉。

因爲陸清弦的喜愛，在作曲方面富有天賦的程歡特地打造了一首專屬於他的 Op.9No.2。

「歡她啊，對這曲子可是滿意的不得了，因爲像極了我。」他闔上了雙眼，細品著這短暫的時光。

在夜裡給予自己溫暖的陸清弦，就如同高掛在黑夜中獨自璀璨的月亮；那份只有在自己面前才展露的沉著穩重讓周遭競相閃耀的星辰趨於穩定，這就是程歡以陸清弦來對這首曲子的詮釋。

他也說到會夢到妻子的曲子僅這首，或許是冥冥之中有什麼在牽繫著他吧？

因此在播放這曲子時，他希望不要有結束的一天，因爲夢就不會醒來，他也能永遠與妻子在一起了。

07.

翌日，陸清弦叫了輛三輪車說是要帶著孃孫倆人遊覽整個城鎮，可奶奶則是以身體狀態爲由婉拒，讓陸清蓮獨自跟去了。

行駛在街道上，薰風微微拂過，溫熱的觸感並不會令人感到黏膩，舒適的很。

「清弦先生，什麼是人美黑？」

沿途經過了一間廣大的兩層樓式建築，陸清蓮在那四柱三窗之間發現三個大大的字樣。

那天眞可愛的模樣逗得陸清弦啞然失笑，「那唸作黑美人啦！」「要從右邊唸到左邊喔！」

這是當時規模最大的酒家，也是政商名流的交際地，陸清弦小時候也跟著父母親來過一次，雖說自己只是和母親待在一旁，可他就因爲那一次的經驗，深切的體悟到何謂紙醉金迷。

「我們去最熱鬧的地方看看。」

三輪車駛進更裡頭，這裡是當時家喻戶曉的年貨大街——迪化街。

「謝謝大哥！」陸清弦將紙鈔遞給三輪車的車夫，接下來可要用自身慢慢體會了。

街道周邊是長條形的連棟式店鋪，以單層樓爲主，斜屋頂被瓦片覆蓋，門窗由木板組成，外牆上高掛著店面的旗幟，雖說結構與現今相似，可舊時代的建築風貌還是讓陸清蓮在心裡讚嘆了好幾次。

「稍微等我一下。」陸清弦走進一間店門口有著琳瑯滿目零食以及童玩的柑仔店，當他走出店家時手裡提著一袋裝著各式餅乾、糖果的袋子。

他拿起一塊麥芽餅在空中筆畫著，「邊走邊吃才不無聊！」隨後放入嘴中大力咀嚼，還不忘在陸清蓮嘴裡塞一個。

倆人順著道路走到了較寬敞的廣場上，陸清蓮的目光被聚集在一塊的孩子們所吸引，有的玩起轉陀螺，有的雀躍地跳著格子，這些都是她從未經歷過的事，雙眼直勾勾地盯著那群嬉戲的孩童，無憂無慮的模樣讓她心生羨慕。

「要不要去玩玩？」

陸清弦的嗓音猝不及防自耳畔響起，不待人兒反應，一把將她拉了過去，「我們可以一起加入嗎？」

孩子們見從遠處一邊喊話，一邊揮著手朝自己人跑來的陸清弦，他們無不熱烈歡迎，「是清弦葛葛！」此時歡笑聲此起彼落，倆個大孩子與小孩們玩的不亦樂乎。

「眞的好有趣啊！」

陸清蓮笑意盎然，猶如方才與孩子們玩的跳格子般，她愉悅的跳著街道上塊塊分明的石磚。

「這樣啊，因爲有時候看妳沒什麼精神，妳能這麼開心眞是太好了。」

雖說只相處短短幾天，可陸清弦察覺到了連本人都沒有意識到的細節，方才陸清蓮看向那群孩子們嬉鬧時的神情他也看在眼裡，看來在他大剌剌的個性之下其實有顆細膩的心。

他不了解陸清蓮的內心，所以只能用自己的方式讓她打起精神，能有這樣的反饋，自己的一番好意總算是值得了。

「清弦先生……」

陸清蓮望向笑著的陸清弦，一股暖意油然而生。身爲中學三年級的她，被課業壓著打，根本沒有玩樂的機會，不僅如此，父母還在這個節骨眼發生裂痕，一切的一切都如暴風般席捲而來，也因此能有一個關心自己的人她的內心由衷感激。

「怎麼了？」陸清弦依舊笑著。

「喔！清弦，這麼早啊！」

霎時，倆人身後的布鋪裡頭傳來老闆的呼喚。

他與陸家可以說是有了好幾年的交情，而在當地，人們無不知曉陸家，他們在整個大稻埕地區聲名遠播，是以布致富的名門望族。

陸清弦打聲招呼後，便回頭繼續方才的話題，「妳剛剛想說什麼嗎？」

「沒什麼……」"謝謝"兩字她並沒有說出口。

08.

午後他們回到了碼頭邊，在一個能遠眺整條河的地方歇息，只能說時間總是在不知不覺間流逝，待意識到時，周遭事物早已被晚霞染的通紅，陸清弦觸景傷情，情不自禁地訴說起與妻子的回憶。

他說程歡在世時，倆人很常來此欣賞落日餘暉，尤其是在夏天，當萬里無雲的天際被橙紅色籠罩時，駐足河岸邊欣賞此地夕照，風情萬種，美得無法用文字形容，她總是特別喜歡。也因此使他變得害怕夏天，更害怕晚霞，一次次的到來就像是在提醒著他程歡的死。

「但、但是清弦先生！」

「你之後也許會遇見一位非常好的人，然後和她結婚、生育、度過餘生，你也許會愛上別人的！」

陸清蓮激動的說了這麼多，卻只換來陸清弦平淡的一句，「眞正的愛，一生只要一次就夠了。」

陸清弦自顧自走著，隨後舉起手晃啊晃的開玩笑，「要是眞的有那麼一個人能改變我這固執的想法，我就把後代子孫的名字取成那人最喜歡的事物好了。」

隨著他走遠，在陸清蓮耳中的聲音越發模糊，直至消失殆盡，這個話題也就到此爲止了。

09.

「阿嬤，妳底加衝啥？」

倆人回到家後，陸清蓮在客廳沒有看見奶奶的身影，一找就找到了家後方的蓮花池。

「喔！阿蓮啊，你們回來的很早啊！」

嬤孫倆人坐在池塘邊的石階上，享受著夏季夜晚的涼風，有別於未來，過去的時代入夜之後非常寂靜，一點聲響也沒有。

不知是否是氣氛所致，陸清蓮說話的口氣變得有些孤寂，「要是回到了原來的時代，我們和阿公就會分開了，和阿嬤也是……」

聞言，奶奶將她擁入懷中，笑道：「但是，能再次活過來眞是太好了呢！」

其實死並不是那麼可悲的。

人從哭聲中誕生，度過屬於自己的花樣年華，然後逐漸走到生命的盡頭，縱使日子有苦有甘，但能夠生活在世上眞的是一件非常美好的事。

「爲什麼阿嬤能總是面帶微笑呢？」

陸清蓮一直都明瞭自己的奶奶其實並沒有表面上看起來那麼開心。

身在陌生的國家，中文說得不是很好，不過多久就遵從雙方父母的決定嫁給了一個從未相處過的男人，婚後還遭到了對方的冷遇，明明是如此痛苦的事，卻從未灰心喪志，不斷安慰著自己，時時提醒自己要展露笑容。

「沒有人是每天都會遇見開心的事的，所以啊，要是自己時時刻刻記著要開心，也許就眞的能將悲傷化爲喜悅喔！」

無論多麼痛苦，奶奶依然會告訴自己，只要笑著的話一定會有好事的，就如同自己的名字一樣，她想，母親給自己取名爲「笑晴」，也許就是爲了讓自己能笑著面對困難而誕生的。

聽到最後，陸清蓮哭成了淚人，「阿嬤，我已經盡力了卻還是不行……」「我……其實眞的眞的很累了……」

她捂著臉痛哭失聲，爲了能讓感情出現裂痕的父母和好，她盡了自己最大的努力，無論是學業或是家務事她包辦的相當良好，因爲她認爲只要讓父母看見自己的努力也許就能改變當下的狀況，過程中她並沒有捨棄對未來的期待，可到最後自己所做的一切卻白費，父母終究分開了。

努力只換來了空虛。

「其實人生就是這樣，就算沒有回報也不要輕易放棄，要繼續向前知道嗎？」

奶奶將手放於陸清蓮頭上來回撫著，「阿蓮啊，以後跟著媽媽一定要好好照顧自己的身體，好好吃飯，好好學習，阿嬤相信妳一定可以的！」

晚風徐徐吹來，倆人一同望向天際，在那片幽藍的天空中點綴著無數的小星星，一眨一眨的，彷彿正呼應著奶奶所說的話，相信著陸清蓮。

10.

「清弦！」

「清弦快出來！」

大門外傳來的急促呼喊聲劃破了寧靜的早晨，原來是陸清弦的父親，他是來告知明天晚上要去和婚約對象——也就是年輕時的奶奶見面。

「我不是說過我不會和她結婚的嗎！」

縱使陸清弦極力拒絕，卻早已成定局。

「我只叫你爲了家族而結婚，不需要多餘的情感！」語畢，陸父駕車駛離，道路上紛紛揚起了飛塵，陸清弦望著逐漸消失在視線裡的車輛，濕潤感佈滿雙眼，他失落的關上大門，下垂的雙肩彷彿正訴說著心中的無可奈何，此時他多麼希望眼中的淚水是飛塵所造成的。

「但願那位女孩不要恨我才是……」

陸清弦說著的當下，將存有程歡所作 Op.9No.2 的唱片放上留聲機，除了在深夜聽之外，每當有傷心的事發生，他也會放這首歌來撫慰自己的心靈。

其實他心裡很清楚，身爲男子能爲家族的繁榮富強做出貢獻是一件很光榮的事，更何況自己家族是當時布業界的望族，雙方父母爲了能更加拓展彼此的事業，無辜的孩子成了他們野心之下的犧牲品。

也如同他父親所說，這樣的婚姻不需要任何情感。

只是，一想到那位被迫要成爲他新的妻子的人，會錯過其他更值得她去愛的男人的權利就感到心痛，他非常了解當自己愛上一個人時是如此幸福的一件事，倘若在自己還愛著前妻的狀態下與那位女子結婚，那麼，她就會因爲自己〝只愛著前妻〞的任性而一生孤獨的活著，豈不是非常可悲嗎？

陸清弦打從心底不希望那女子被這段形式上的婚姻所束縛。

然而，也是在這時，奶奶才知道陸清弦拒絕與自己結婚的原因。

「那台留聲機眞是不可思議呢！」

奶奶望著倚在牆面上因樂曲而昏睡過去的陸清弦，嫣然一笑。

她在十八歲的夏天嫁給了他，縱使彼此是夫妻關係，可他卻從未向自己敞開心扉，這令她非常難過，但是每當看他誠心向佛壇拱花的模樣與一心只想著一位女子的執著就讓她非常憧憬他對前妻的愛，她愛上的是只爲前妻痴情的他啊！

奶奶悄悄地將身子挪至陸清弦身旁，隨後緊緊將他擁在懷裡，「弦啊，我並沒有恨你喔！」「能與你結爲夫婦，能與你生活，能參與你的生命，對我來說非常幸福啊！」

程歡的 Op.9No.2 迴盪於耳畔，陸清蓮頓時明瞭，原來眞正有魔力的並不是那台留聲機，而是這段由程歡親自演奏、充滿著她與陸清弦回憶的旋律。

剎那間，她隱約在那倆人身後見到了程歡的身影，那人朝著自己一笑，『眞是太好了呢！』

「等等，妳是——」

話語未落，她就消失了。

「是妳為了阿公跟阿嬤的嗎？」

不單單只是讓人憶起過往，更多的是程歡想化解奶奶多年以來對陸清弦的誤會。

他口中的拒絕，其實是在為奶奶著想。

「謝謝妳……」

陸清蓮哽咽地道謝，淚水早已浸濕了雙眼，此刻四周被一道刺眼的光芒包圍，她的意識逐漸模糊。

再次醒來時，印入眼中的是熟悉的風扇，方才的 Op.9No.2 正好結束播放，只留下撫慰死者亡魂的經文。

「……真是場深切的夢啊！」

方才那短暫卻真實的夢深深烙印於腦海中，好似經歷了一場時光旅行。

透過這場夢，讓自己重新認識爺爺，也讓奶奶得以了解他作爲丈夫的一番用心。

她揉了下雙眼，望向放於身旁的唱片封套，「原來 H 指的是歡小姐啊！」

「清蓮妳在這裡啊？」

與此同時，耳畔傳來父親的聲音，她驀然回首，「啊！爸爸媽媽你們怎麼來了？」

除此之外，父母身後還跟著許多坐夜車趕來的親戚。

屋內頓時吵雜喧擾，親戚們紛紛圍繞在遺體身旁弔念，而陸清蓮則是被父母拉到一旁坐著。

「喔！妳剛剛在聽這個是嗎？」父親見在女兒身旁那張多年不被拆封的唱片，有些驚喜，「這個啊，我小時候跟妳阿公一起聽過，原作是一位歐洲的音樂家，但這首似乎是一位重要的朋友替他重新作的曲子。」

隨後欣慰一笑，「你也要記得去給阿公掃墓喔！」「畢竟，妳的名字是他取的。」

「眞的嗎？」

「該不會是他最愛的蓮花吧？」

陸淸蓮輕笑，但隨即被父親捏了下臉頰反駁，「傻孩子，誰會那麼膚淺給自己的子孫命名啊！」

其實陸淸蓮當中的〝蓮〞並不是指蓮花，而是取自向日葵的別稱——望日蓮。

也是奶奶最喜歡的花。

『你之後也許會遇見一位非常好的人，然後和她結婚、生育、度過餘生，你也許會愛上別人的！』

『要是真的有那麼一個人能改變我這固執的想法，我就把後代子孫的名字取成那人最喜歡的事物好了。』

陸清蓮驀然想起在那場夢中，自己與陸清弦的對話。

想到這陸清蓮不禁落淚，父親輕拍著那微微顫抖的後背，「這些日子真是辛苦妳了。」「妳的努力爸爸媽媽都有看在眼裡，只不過我們是真的撐不下去了，所以才選擇分開。」

陸清蓮搖著頭，拭去淚水說道：「爸爸才是，你要好好照顧自己喔！」

聞言，一旁的母親將父女倆緊緊擁著，三人相視而笑。

此時，清晨的曙光乍現，光芒自窗外灑進屋內，映照在留聲機上的黑膠唱片上，光滑的表面上熠熠生輝。

也許，這一切都要歸功於陸清蓮的好奇心吧？

廢墟與花火

黃　嘉琪

在粗鄙之中會有神話存在嗎？假若努力生存的話，會成爲一個可以讓大家仰望的人嗎？天空上下著微微細雨，將未央的暗月反射大地，映出昏暗城市之間的數點亮光。

李守龍正坐在漆黑的巷子之間，穿著陳舊水靴的兩腿下方放著一個充滿洗碗精的大盤子、旁邊又有另一個放著的乾淨的自來水；他一邊把身子捣下來清洗盤子、一邊偷瞄著閃耀卻不刺眼的月光，默默的繼續埋頭工作。骯髒的白色泡沫連著菜渣不斷從盤子中躍出、流到李守龍的腳邊，就像希望要逃離被清水沖刷掉的命運般猛力掙扎，但最終也只是在地上漫無目的地游蕩。

「終於洗好了！」他激動的一邊自說自話、一邊將碗碟和盤子搬回廚房，「今天比起平時快了十五分鐘，讚啦！」現在是星期三的十點多，是如雞肋般的日子——既不是星期五晚上明天就能放假，也不像星期一般如惡夢的開端。城市可能受到這種既上不去、又下不來的氛圍影響，今天的客人也顯得比較疏落一點。

和老闆娘道別以後，李守龍輕快的走出巷子再拐回大街之上，寧靜漆黑的城市馬上被紙醉金迷的霓虹燈沒埋，就像兩個世界互相侵蝕了一樣。他到了路邊那充滿尿騷味的洗手間，一踏進門口就看見滿地都是零零落落的廁紙、尿兜旁邊一直滴著不知名的液體，把整座公廁弄得臭氣薰天。不過他並沒有在意，反而徑自走到洗手台的位置前，從破舊背包裏拿出了一條毛巾將它沾濕，再擦一下自己的手腳和臉龐。離開後再走一段小路，麻雀雖小、五臟俱全的便利店就映入眼簾；他吸了一口氣，然後走了進去。

「今天看起來滿輕鬆的，你提早了下班喔？」中班的那個女生問道。李守龍在這裏工作了五年，店舖裏的同事定期就會來個「大清洗」，無論是經理或同事，全都改變不了這個命運。一開始他在更替時會再次嘗試認識、了解新同事，但不斷變換的人事使他心力漸漸耗盡，所以後來上班時，他基本上除了同事的暱稱以外，眞的什麼也不知道。

「嗯，今天難得不用跑。」李守龍一邊回應著同事，一邊拿出手機反向背面秀出那用紙膠帶貼在背後的殘破條碼、再拿起紅外線鎗來掃瞄它打卡。他到員工房更換了制服，便快速地走回貨場開始點算今天要抽起的即期品數量和準備夜間來貨用的工具。在這五年來，最讓李守龍自豪的是他都未曾遲到、該做的事都會全部完成，所以歷任經理都甚少對他有什麼意見，但卻不會帶他到別間門市工作——其一是這邊的店舖離李守龍工作的餐廳距離只有五分鐘、對他來說十分方便不會想要更換店家；其二是李守龍今年才只有二十五歲，對於衆經理來說他實在太過年輕。

「快下班吧，那麼晚對女生來說挺危險的。」李守龍對著她說，他稍微打量一下了她，大概是只有十八歲的大一生吧？因爲她是兼職的。他沒有特別記起有關她的事情，也不擅長和女孩相處。

「你才要小心吧，」中班女同事俏皮的對著李守龍說，「龍哥你每天也兼任那麼多份工作，要多多注意身體才對！」李守龍尷尬的笑了一笑應和，然後女同事就和他道別了。有時候李守龍會有種莫名的自豪感，仿佛自己就如老師一樣——學生太多記不住他們每一個，但每位同學總會記得老師。在漆黑的夜裏，會和他搭話的大概只有交接的同事，以及小貓三兩隻的客人；他有時也會想和爲數不多的朋友聯繫一下，不過誰又會在夜間清醒著呢？

麻雀般的便利店旁邊是有如雄鷹般放蕩的酒吧，不務正業的、有錢的、賺快錢的……那裏甚麼人都有，每天在夜裏陪伴著李守龍的聲音大部分出自這裏，不是醉漢吵架、倒下的嘈雜聲，便是摔破東西、看球賽的尖叫聲。身處在罪惡城市，誰也不能脫離邪氣，他倒是會帶著既睥睨又羨慕的眼神看著旁邊；就如他並不吸菸，但口袋裏總是有一個從報攤買的打火機，以及一小包已開封不知多久的超醇一萬寶路一樣。難得今天不知為何客人並沒有很多——可能是因為今天沒球賽吧——李守龍不知道，因為他並沒有看球賽。

夜幕褪去、微光漸起，新的一天又再次來臨——雖然對於李守龍來說並不是，那只是代表他快要下班再上班而已，他對日子的流逝沒有什麼概念和感覺。今天難得早班並沒有遲到，李守龍能夠準時七點多就下班了。在離開店舖前，他拿出了手機看看有沒有人找過他，因為他並沒有購買什麼流動數據，連電話卡也只是一張用多少繳多少的儲值卡，只要離開店舖的話就收不到訊息了。

李守龍又回到那個臭得要命的公共廁所，其實那是一個罕見地設有淋浴間的大型廁所，因為在城市寧靜的一面和喧囂的一面之間夾雜著一個足球場讓市民運動，就像在混凝土森林之中的一座綠園。他在洗手盤旁的瓶子擠了一點洗手液便走進了淋浴間，然後將衣服晾在沒有乾濕分離的門上就開始沖澡。不用十分鐘，李守龍便洗好澡將衣服穿回去，他嗅了嗅衣服的四周，暗自點了一下頭便背起背包往餐廳走去。

「早安啊老闆娘！」可能當睏到極致之時，往往會顯得過份的精神，他充滿朝氣的在廚房門前和老闆娘打著招呼。李守龍微笑著，開朗的神情配上清爽的髮型、瘦削的身軀和明顯凸出的喉核，在一瞬間終於看到他會稍微符合他的年紀。

「進去吧，」老闆娘沒有將頭抬起，繼續在準備著開店的工作，「還有三小時。」

「好的，知道了！」李守龍進去廚房後的儲物室，裏面有一張沒有床單包覆著的床褥，有一層厚厚的灰色覆蓋著它。他有一個在現今城市中人人都很羨慕的技能：他能夠在三十秒內入睡，無論強光照射、聲浪巨響、還是有人瘋狂毆打他也好，李守龍還是能夠安然入睡——直至鬧鐘聲響起，那是唯一能夠喚醒他的方法，但他從不賴床、一叫卽醒，只是他已經很久沒有做夢了。

角落的單人床褥是他從城市後方的大型垃圾收集站拿來的，還記得初初在洗手間裏沖洗它時用了相當多的功夫；帶到餐廳後還讓老闆娘嘮叨了很久，不過她總算讓他把床安放在小小的角落，然後趁他下班後用消毒酒精擦了一番。每天早上，她都會直直的看著睡覺中的李守龍輕嘆一口氣，再悄悄將他的衣服脫下再換上一套一模一樣的。畢竟他在這裏已經工作五年多了，她可是看著他從一個平凡的小子變成一個爲了生存而努力活著的機械人——不過倒是一個有心的機械人。

李守龍已經三個月沒回家了，上一次是因爲要清洗房子門外被淋的紅漆，因此不得不犧牲星期六的時間不上班回去處理，還被罰了好幾千塊作賠償。他並沒有說些什麼，就只是平靜的將「欠債還錢」四個字擦去，順道回到房子把背包內的幾套衣服拿去公共洗衣機清潔——他當然不知道其實那些衣服都不算太髒的。李守龍回到唯一一個屬於自己的小床位，睡了幾個月來唯一一次足夠八小時的覺，然後在晚上就到罪惡城的各種商戶外撿破爛。因爲他平常一星期只有一天會撿，所以要和大量早已佔了地盤的婆婆競賽，雖然有時他心有愧疚，但他不得不爲生存而不斷工作下去。

五十萬是一個很大的數字嗎？也見不得，連買下郊區房子要供付的首期亦未知足不足夠；不過至少可以肯定的是，五十萬使李守龍由一個帶著清澈眼神的大二高材生、變成一個只剩下混濁目光的欠債小孤兒。什麼愛情友情親情、什麼尊嚴理想將來統統都是假的，只有生存活命倒是眞的。有時李守龍會想去怨一下天尤一下人，明明自己也是受牽連的、爲什麼天要選中他去經歷這一切、爲什麼卻沒有人能對他公平一點；不過倒個頭來想，那也是曾經的家父所留下的孽，還可以怨些什麼？要怪就怪自己的運氣差劣罷了。

「鈴鈴鈴——」李守龍馬上在三秒以內起床，然後到洗手間用漱口水沖一下口腔。他換上了制服——其實也只是一條塑膠圍裙再加上膠手套和水靴而已——然後他走去廚房拿起已用過的廚具、再準備水盤準備清洗。在走到後巷之前，李守龍趁著老闆和老闆娘都不在廚房，就偷偷的沖了一杯沒有糖的鴛鴦、外加在焗爐上拿了一塊烤西多當作早餐，不過其實也說不上是偷，基本上老闆娘早已默認給他吃了。

其實李守龍也不是很愛喝飲料，但他的生活卻離不開鴛鴦和咖啡——不是因爲他喜歡喝，而是因爲只要有其中八小時欠缺了鼓勵身體撐下去的外來援兵，他無論如何努力也好都會倒下。李守龍沒有可以去醫院的時間和金錢、也沒有買飲料的錢，所以唯有使用「員工福利」，靜靜的爲他自己每日小「酌」三杯。

太陽每天依舊升起、月亮日日徐徐落下，日月星辰的浪漫卻與李守龍無關。唯一能夠使他知道日子有所移動更替的就是一週之末——因爲兩份工作都會在這天放假，好讓李守龍能夠逃離一下罪惡城的魔爪，到金黃的都會繼續工作。

在星期六裏，李守龍會在超商下班以後，就迅速坐車到那邊最盛大的酒店之中做兼職——應該說是散工才對，因爲隨時都會有機會失去那卑微的工作，也不止一次。在金碧輝煌的大堂之中，有一個穿著一身毫不合身的白衣小鬼在倉庫中跑來跑去，不認眞細看還以爲只是一個機械人。他在這裏並不能做有關廚房的工作，上等人的食物並不是凡人能夠隨便觸碰的，所以李守龍只能默默的在倉庫和洗滌區之間不斷運送天台室外游泳池的骯髒毛巾，再將其在巨型的洗衣機之下不斷滾動、滾動，就像他的人生一樣。

所幸的是，運送毛巾的工作通常在九點多便會完結，而且在黃金都會的客人也相當慷慨，李守龍常常會悄悄的拿到一點小費。黃金都會距離罪惡城的車距約爲四十分鐘，所以其實和他在餐廳裏的下班時間並差不了多遠。

每到了星期六的這個時候，李守龍就會讚嘆自己的聰明——因爲他是超商的員工，所以十分清楚附近店舖的來貨時間；再加上他也會和裏面的員工混熟，因此他能夠拾到大量的紙皮。罪惡城的來貨時間通常是三點，李守龍回去的時候是十點多，還有數小時能夠執拾其他可回收物品。

在一天的勞碌之後，回收變賣車會在八時左右到達罪惡城，李守龍就會拿去變賣，之後就能好好睡上二小時就再次工作。每天同樣的生活將他活生生的塑造成一個工作機器，夢想兩字對他來說就像銀河般遙遠、且無法想像。有時在閒暇的時候，李守龍會想到以前還在讀書的自己：他想要執起教鞭作育英才，但在大二那年就一切化諸流水。二十歲是什麼年紀？對於李守龍而言，大概是他最幸福的年紀——只是他不會留戀，因爲假若每天都活在過去的美好，人就無法前進。

李守龍現在最大的夢想就是：他想要重新上學讀書。

日子重複的前進著，在某天星期一於是超商下班時，他收到了一個邀請：「各位中學同學好啊，距離我們從母校畢業差不多已經過了六、七年了，大家要不要來聚會一下吃個晚餐？期待你們的答覆喔！」這個是從很久以前的群組上發出的，很多人馬上應和，竟然約在星期六的夜晚。李守龍猶豫了一下，到底要去還是不要去呢？他實在沒有吃飯的時間和本錢，但他也很想看一下以前的同學現在過得怎樣。

算了，先把它擱著一會之後再拒絕吧。他昨天晚上才傳出來，晚點回覆也不過份吧。在從前的李守龍是不會拖延的，因爲他知道安排東西的確需要時間；

但可能因為之後一直在不能逃脫的生活當中吧，只要不是緊急的事他也會去逃避，只是他對自己承諾過，無論怎樣也好都要回覆對方就是了。

今天只有老闆在，他不允許李守龍在這邊睡覺。平常只有老闆娘都在的情況之下，李守龍才能偷偷的小睡一下和吃早餐。因此，他和老闆打了招呼以後，就推說要去隔壁吃個早餐再回來，然後就往那臭得要命的廁所裏睡覺。李守龍的家其實也在罪惡城中，不過則因為在城市的邊緣，光用走路一來一回也消失了三十五分鐘、太不划算了。

「龍兒……」在李守龍躺在淋浴室中間的木椅睡覺期間，突然有一把熟悉的聲音在叫著李守龍的名字，「龍兒！你沒有事嗎？怎麼會躺在這裏，是暈倒了嗎？」李守龍不情願的睜開雙眼看著四周，在這時他才睡了大約兩小時，距離上班時間還有四十五分鐘。不過李守龍並沒有起床氣，反之很快就起來了——平常不會那麼容易就能喚醒他，可能是因為他睡在廁所那堅硬的更衣椅子上的關係吧。

龍兒這個名字，有多少年沒有聽到啊？大約有五年吧。因為李守龍是在十一月出生的，與其他人相比起來感覺上會稍微年紀輕一點，所以大家都會叫他龍兒。久而久之李守龍自己在剛認識其他人時也會使用這個名字，它的感覺就像是證明李守龍這個人的獨特性一樣。在綴學之後，李守龍再也沒有使用這個名字，一來其他人並沒有興趣知道他的生日，二來這個名字就像是他美好時代的象徵，他自覺不配。

「啊……是阿誠嗎？」李守龍一邊伸懶腰一邊看著他，「哈哈，我只是在睡覺，抱歉了要讓你擔心。」李守龍起初還會以爲自己那麼狼狽的樣貌被以前的同學看到時會感到羞恥，但實際上並沒有，這使他自己也感到頗爲意外的。到底是自己本有的不拘小節，還是他已經將僅剩的尊嚴也被磨光了？

「原來如此，」阿誠露出一個不可置信的表情，「你爲什麼會睡在這裏了？」

「說來話長呢，不過我等等就要上班。」李守龍既無奈又有點感動，不過他還是想要將話題完結。

「沒關係，」阿誠說著客套的語詞，「不過這個星期六是同學會，你要來嗎？」

李守龍生平最爲大的缺點就是他不懂得拒絕別人，縱使對方的要求有多麼的不合理，他都會一一接受。不過這狀況隨著他被迫投身社會之後已經有著大大的改進，只是罪惡感依然會存活在他的腦海之中。在這個時候，他就會感謝太過忙碌的自己，讓自己沒有時間去回想不堪的回憶；待空閒下來的時候，最爲強烈的罪惡感老早就就減弱得像微風一樣。李守龍有時也會自覺到，到底是自己變壞、還是在不知何時變得社會化了——不過倒也沒關係，反正無論如何也好，班還是得要好好上，卽使正在打仗也是——不是他奴性重，而是如果沒有上班的話，馬上會世界末日的是他。

「我要看看有沒有時間，」李守龍隨便找一個理由推塘著，「所以請我容後再覆，不過我眞的頗想念大家的。」以前的李守龍並不會說謊，反而會把眞實的狀況和其他人說。不過，自從一次有人聽完他的故事後在他人面前加鹽添醋，李守龍就再也沒有把自己的心裏話隨便和其他人說了。

「不過我倒挺想要看到龍兒呢，」阿誠不知爲何那麼熱情，「要不這樣好了，如果你能夠出席的話，我來請你吃飯如何？」

一聽到「吃飯」二字，這使原本想要拒絕的李守龍立刻打住了，他極力隱藏自己發亮的雙眼。自工作以來，李守龍每日吃著的不是便利店的過期食品、便是從餐廳那邊偸來的餐蛋治和烤西多，最多豐富點就是黃金都會裏廚師煮壞了的廚餘；說到好好吃過一頓的話基本上是沒有。

「哈哈，不是錢的問題啦，」李守龍盡力掩蓋著自己心中的渴望，「不過既然你那麼盛情的邀請我，我就試試看能不能調動時間吧。」他還是讓自己留有一條後路，不至於一口氣答應別人之後不可逆轉。

「好吧，」阿誠也不能說上些什麼，「期待你的答覆喔！」

李守龍乾淨俐落的處理好工作，甚至也夠一邊洗碗一邊下單，簡直是一個人充兩個人用。傍晚時分，李守龍正在點餐的時候，發現有一檯客人在離去之後掉了五百塊在地上。

邪魔的心馬上命他去撿了起來，放在口袋裏。在此刻，李守龍的腦內正進行激烈交鋒：到底要和老闆說一聲，看看客人會不會回來取、還是自己吃掉這張五百塊呢？五百塊對於五十萬而言，可是佔有0.1%的價值啊，李守龍每月的薪水才只有僅僅的三萬左右，但那筆可惡的債卻不斷上漲，而且還要付一大堆屋租等等雜項費用，使得他根本不能還清。然而，如果對方和李守龍的遭遇是一樣的呢，那麼他撿起來的話倒不就是使對方活得更慘嗎？一想到這裏，縱然李守龍平常會與老婆婆搶回收也好，但他可做不出要將別人實際得到的金錢取走這回事，所以他決定要去找老闆讓他先保管起來。

在這時候，老闆娘回來了。她看著李守龍手上的五百塊，然後就對他笑道：「這五百塊你自己收起來吧，如果客人來問的話，我再拿給他就好。」老闆娘平常並不溫柔，不過不知道爲什麼今天卻顯得格外的細膩。

「啊……那好吧，」李守龍心裏總是有點不安穩，「老闆娘……我想要請教你一個小問題……」他始終無法眞的拒絕阿誠的邀請，但他也不確定要如何決定，所以就向老闆娘詢問。

「你去吧，不要擔心金額，」老闆娘聽畢以後，直接給出了答案，「同學一生能看到多少次？人生苦短，既然一天不會使你的債務馬上還淸的話，爲什麼不去？」她的話語直白得讓人只能苦笑，但卻給了李守龍一個決心。

星期六到了，從便利店下班以後，他難得地回到家。其實也稱不上是家，算爲讓李守龍能睡覺、放東西的地方吧。因爲這個所謂的「家」，其實也就只是一個小房間，放了一張小型單人床以後就已經沒有位置，李守龍的其他物品也只是放在床下，簡單的用紙箱盛裝著。

聚會時間是晚上六點，所以李守龍就倒頭大睡，從早上九點睡到下午兩點。

他已經習慣了每天只睡兩至四小時，除非接下來的一天是到了晚上凌晨才有事做，否則的話他不會讓自己睡得太久。

在睡過以後，他前往公共浴室洗澡，真正的洗髮水和沐浴露相比洗手液而言真的友善得多；在洗澡完畢之後，他拿出了床底下的紙箱——一個屬於他的東西，卻很久都未曾打開過的紙箱。一打開，李家三人的合照就放在上面，李守龍鼻酸了一下，再將下面的衣服來出來。在父親逃跑了以後，李守龍將可以變賣的東西全都賣掉，唯獨剩下一套看起來正式和休閒都合用的衣服下來；不過他平常鮮少會穿，一來他很少回家、二來沒必要打扮。這套衣服是父親在他十九歲生日時送給他的生日禮物，當時穿起來格外合身又帥氣。

在回憶的時候，李守龍穿起這套衣服，忽然有種猴子穿人衣的感覺；他去鏡子前一看，現在的他瘦得有點支撐不起衣服的構造，而且外貌滄桑了很多。沒關係吧，我也只剩這一套衣服能見人了——李守龍像是放棄了要打扮自己似的自嘲著，然後就出門了。

在候車的時候，群組上的同學一直在聊天，感覺就像回到了數年前那天真無邪的世界一樣；哪像現在要活在汙泥的罪惡當中不能逃出來，使身上都沾滿了邪氣。

終於到了聚會的地點，它夾雜在罪惡城和黃金都會之間，是一個稍有喧囂卻不太過低俗之地。眼前這個餐廳看起來頗爲高級的，不過倒沒有發出生人勿近的氣息。李守龍既興奮又害怕的往前進去尋找同學的身影，不知道現在的同學變成了什麼樣子；餐廳不算得很大，不過人流還算是滿多的，幸好有阿誠的身影使李守龍能相當快速的找到了大家。

阿誠在以前就是一個口甜舌滑的人，與他的名字一點都不像；不過他還頗會關心別人，所以也算不上討厭。後來李守龍翻看了一下訊息才發現，原來這次聚會就是阿誠提出來的。幾年沒見了，不知道大家過得怎樣。

二十五歲這個年紀還算得上頗爲特別的——既未到人生三十歲的新階段，但又過了二十歲黃毛小子的階段，在中學同學身上就能清楚地看出來。在宴會之間閒談，有女同學已經嫁人了，正在懷孕第一胎；有男同學成爲了公司的經理，正在帶領公司向前進發；有女同學正在攻讀博士，想要成爲對學界有影響力的人……不知爲何，大家都很像過得很好，這使李守龍有點感到自卑。

大家也頗爲好奇李守龍的發展，都紛紛詢問著他。他感到怪不好意思的，就和大家推搪過去，就撒了一個謊：「我還好，剛畢業了出來工作，準備儲點錢再繼續讀書。」這個理由好像還滿頗爲合理，大家也就此散去繼續吃飯。

在這個時候，阿誠就過來找李守龍，將他帶到另一邊佯裝著拿東西吃。阿誠今天穿著一套看起來就很貴但卻不太高調的西裝，感覺和李守龍就是兩個世界的人，他率先低聲地開口問道：「龍兒，你不是在大二那年退學了嗎？」

「你……你是怎麼知道的？」當李守龍聽到阿誠知道他的狀況以後，他感到有點毛骨悚然。

「你可能忘記了，我是和你考上同一所大學，而且還是同系的啊！」阿誠好像不太意外的向李守龍解釋道。

在讀高中的時候，李守龍和阿誠雖然並不是很要好的朋友，不過每逢做報告也好什麼都好，只要是有關學校的東西，李守龍都會叫上阿誠。這不是因爲什麼理由，只是因爲他們的興趣和志向相近，所以在溝通上會顯得份外合拍。不過讓李守龍想不到的是，原來阿誠和自己都讀同一個科系——不過說也奇怪，不知爲何李守龍好像都沒有看到阿誠，是因爲他在瘋學會的事務嗎？

「原來如此，難怪你會知道。」像李守龍這個每年都拿走獎學金的人，忽然不見了的話當然會讓人感到相當明顯。

「你最近過得好嗎？」阿誠關心的問，「我上次看到你衣衫襤褸的睡在廁所裏，讓我有點擔心。」

李守龍沉思了一下，就將部份狀況和阿誠說了——反正之後見面的機會也不多，就隨他們在後面閒言閒語吧。在和阿誠說的時候，李守龍不禁上下打量了一下阿誠的裝扮和言談，如果李守龍沒有遇上這種事的事候，他也會變成像阿誠般成功的人嗎？

「嗯……」阿誠聽畢之後，就表示頗爲同情，「龍兒，那麼你有沒有興趣去做我現在做的工作？」

「我既沒有學歷，也沒有錢，怎麼可能輕易更換工作？」李守龍苦笑。

「那是我的副業，但賺錢比正業還要多，」阿誠在這時變得頗爲像是推銷似的，「也不用什麼學歷，只要出一張嘴就可以了。」

李守龍這時心裏面浮出了一個不好的預感，阿誠繼續說著：「平常的話我會讓他們先購買產品，不過我可以爲你直接提供，你直接去銷售就可以了。我的副業是做推銷員幫公司推廣產品，你可以在不同渠道之下向其他人銷售產品，只要售出一件你就能得到更多分紅；如果你成功使他們加入來一起買的話，那就分得更多。」

阿誠熱心的說著，不過李守龍卻聽得直冒冷汗。這不就是層壓式推銷的老鼠會嗎？爲何他能夠如此正直的說出來，感覺眞的是在幫人一樣。不過這時，李守龍的內心又開始起了掙扎：如果去除了良心的話，其實這工作還頗爲好賺的，在李守龍之後讀過的書裏，其實也知道如何行走在法律邊緣，使自己能置身事外。不過在下一秒，閃電般的觸感就從他的手指直上心臟，李守龍雙手正插在褲袋，客人的五百塊正在他的指頭劃過。

在星期一時，老闆娘給了他這五百塊；不過李守龍並沒有用，而是將其放在口袋之中。不屬於自己的錢，拿了會份外心虛，不過老闆娘間接給予了他五百元，他就決定在有需要的時候拿出來幫助別人——反正多了五百塊，債務也是依舊未能完全償還，那倒不如用在心安理得的事情之上。李守龍立刻堅定了自我，窮也不能出賣自己的人格。

「阿誠，」李守龍試圖測試一下阿誠，「你知道你的事情……是違法的嗎？」他放輕了聲線，想要提醒他一下。

「那沒關係啊，我也沒有害人，」阿誠好像知道，「再加上他們只要再找一個下線的話，那大家也可以賺錢。如果找不到的話，那東西也是可以繼續使用的啊，我這樣也算是頗爲良心的。」

李守龍不太能接受，他拒絕了阿誠的邀請；不過基於他曾經是他的同道，所以並沒有告發他，只是叫他不要再錯下去。

「別這樣嘛，如果賺得夠多錢，可以連天星碼頭也買下來繼續銷售啊！」阿誠好像眞的很想李守龍一起加入。

「什麼鬼天星碼頭，那是有錢人的玩意，我不曉得！」李守龍感到頗爲失望，明明也是因爲欠債令自己只剩下生存，但他會堅守原則努力往美好的世界進發；以前的他和他有著共同的興趣，可是爲什麼會變成這樣？

「算了，我看你這樣狀況才會給予你優惠呢，」阿誠有點責怪的意味，「其他人我還開他們 3999 呢！」

「……難道這是你開這次同學會的目的嗎？」

「也不要這樣說，大家出來聚一下不是很開心的事嗎？」阿誠反問。

「我反而希望你是以前那個雖然口甜舌滑，但算得上有義氣、良心的人。」李守龍嚴正的說道。

「我就是試過有義氣，結果不就被賣了嗎，」阿誠帶著點不忿的感覺，「義氣可以讓你有龍床睡覺嗎？不！它只會讓人窮得要命。」

「龍床不及狗竇，我也只能享受，」李守龍和阿誠說著，「努力是會有回報的，不要去意圖尋找捷徑，這會讓你走火入魔的！」

「就像你一樣嗎？」阿誠說完就走了，剩下發不出任何聲音的李守龍默默的站在那裏。在此刻，李守龍不禁將這幾年來的生活重新想了一遍，如果沒有良心，去做些傷害別人的事，那麼他其實很快就能還清債務，也不用每天過得像乞丐一樣毫無尊嚴。

是我太過冠冕堂皇了嗎？到底什麼才算得上是正義？李守龍緊握手上的五百塊，沉重的思考著。之後的聚會時間，阿誠和李守龍再也沒有對話；同學們都很高興能夠再一次看到其他人，李守龍笑笑的應和著。

十一點，他回到了家，然後將衣服洗乾淨掛起來，雖然並不知道下一次來收的是什麼時候。李守龍換了一下衣服，將五百塊收起，便出門去撿破爛。一路上，他難得的心不在焉，結果也撿不到什麼垃圾；他望向滿夜星光的夜幕長嘆著一口氣，在這時，有一聲尖叫聲劃破天際。

「啊——」聲音頗為沙啞但極其響亮，李守龍立馬應聲跑了過去。有一個收紙皮的婆婆，整條腿都在滲血；她那鐵做的手推車正在旁邊翻倒，應該是被車子割傷。

「沒事吧婆婆！」李守龍的煩惱馬上消失不見，「我來送你到醫院！」

「不！」婆婆尖叫，「我不要！我沒有這個錢！」在這一刹那，李守龍想起平日的自己，他也是很害怕要去看醫生。

「我來付！」李守龍二話不說的將口袋裏的五百塊拿出來，「來！去醫院！」

在不斷爭持之下，婆婆終於到了醫院，不過因爲爲受傷過於嚴重，需要做手術。李守龍不禁倒吸一口涼氣，他哪有這個錢？不過，婆婆的生命倒是重要，所以他一口答應了醫生，更騙婆婆說他是超級有錢的大學生。

次日，李守龍在中午準備去提款繳還部份債務和預備手術費時，卻發現帳戶裏多了很多的錢。他嚇到馬上找銀行職員來詢問發生了什麼事；她看到他時就說道：「眞的是本人啊！」再拿出電話播放一則獨家報導。

李守龍意外地救了一名婆婆，有路人機緣巧合拍下了片段上載到社交媒體；之後意外地有人從某記者過去的文章找到老闆娘餐廳的報導，認出了他、更知道了他的經歷。大家將善款給老闆娘轉交李守龍；雖然金額不多，但足夠李守龍還了大部份的債務。他知道了後馬上回到餐廳道謝老闆娘，雙眼頓時決堤嚎哭。

這天晚上並沒有什麼雲朵，李守龍望向天空；在他二十歲以後第一次發現，原來星星是可以那麼閃耀。

淡江書系TB028　　ISBN 978-626-7032-15-2

廢墟與花火　　五虎崗文學6

主　　編：林偉淑

發 行 人：葛煥昭
出 版 者：淡江大學出版中心
主　　任：林雯瑤
行政編輯：黃佩如
地　　址：新北市淡水區英專路151號
封面設計：淳設計
排版印刷：維中科技有限公司
總 經 銷：紅螞蟻圖書有限公司
展 售 處：淡江大學出版中心
地址：新北市淡水區英專路151號海博館1樓
電話：02-86318661
淡江大學麗文書城
地址：新北市淡水區英專路151號商管大樓3樓
電話：02-26220431

出版日期 2022年5月 一版一刷

定　價　300元整

國家圖書館出版品預行編目(CIP)資料

廢墟與花火 / 林偉淑主編. -- 一版. -- 新北市：
淡江大學出版中心, 2022.05
面；　公分. -- (淡江書系；TB028)(五虎崗文學；6)
ISBN 978-626-7032-15-2(平裝)
863.3　　111005622